U0026513

—— 火之音 ——

郭箏

目次

推薦
《大話山海經：火之音》的另類讀法　李豐楙　五
自序
神與妖的人間喜劇　一〇
主要角色簡介　一二
大話山海經：火之音　一四
補遺
宋朝街坊市井上的空拍機　郭箏　二六七

推薦

《大話山海經：火之音》的另類讀法

李豐楙

或許因為我曾為《山海經圖鑑》擔任編審與導讀，因此遠流出版詢問我是否能撰文推薦郭箏大俠的《大話山海經》系列。我想這種新編小說應該和港式的《大話西遊》一樣，都在後現代主義的氛圍中，重讀／重寫《山海經》這部語怪之祖。一讀小說，才發現「大話」之下別有用心，前四部的推薦文都很酷，自身既為學界／宗教中人而習癖難改，就可援導讀「古典」之例來面對「今作」。

郭大俠對這部古典的條列式記事，用心苦思，竟貫串為七部大作，讀者要怎樣才能進入？通關密碼就藏在書前跋後，已備妥金針要送給有緣人。其中最少有三大祕訣：一為巴爾札克小說式的寫法，前四部中崔吹風與音兒雖出場，卻是配角，此部則雙雙躍升為男女主角，並漸次揭露兩人的神祕身分，由隱而顯，小火慢燒，終於演成一場「轟轟烈烈」的愛情喜劇。其次是小說場景的時空座標，自道屬「空拍機」手法，先將時空定位：北宋眞宗大中祥符二年（一〇〇九），即是歷史上有名的崇道帝王，小說中安排括倉山玉虛宮出身的小莫／墨道士，竟一再累增了多國國師的身分，而高僧之流則較少出場，即契合史實；二則空間的選擇，遠離中原的洛陽都城，漸行漸遠，直到大宋南方邊界諸國，以及西極的崑崙山，使一干角色有足夠的奔波空間。第三則是神話元素的運用，在《山海經》的創世神話中選擇了兩組：火與水、祝融與共工，從開場的火之音／音之火，歷經波折後才悟出對音與火的掌握，才能與水平衡相剋的關係。結局就彰顯在兩個目標上：「水中夾火」與「水火同床」。相較於前四部，《火之音》結構相對完整，可由此切入導讀。

首先針對空間的翻轉乾坤，大中祥符年間的歷史大事，原在北方犯邊的遼、金，《火之音》則將場景移到南方邊境，大宋（北方）所交界、對峙的，是大瞿越（南方）、大理（西邊）與儂氏（東邊），將四國具體化就是四江口，在溼婆介入導致江河劇變後，方有機會讓神祕的「息壤」派上用場。其次就是安排一場祭天儀式，眞宗爲了掩飾遼宋之和的屈辱，既創造天書，也將趙氏的聖祖／母提升到六御之位，和玉皇上帝同享祭拜之尊，小說則簡化爲唯一天帝，並借祭天，讓崔吹風因失儀而被流配，而後引出許多故事。其次就是神話崑崙，原本只是帝之下都，小說卻將天庭玉闕移到山上方便行事，原先藏在天上的息壤，也被移到崑崙山以便取得，這構想自第一部即已如此。其次是不可或缺的西王母，原來職掌司天之厲，六朝時在漢武系列中又經改造，仙山所種的仙桃與母養女子，在小說中改寫爲先收櫻桃妖爲乾女兒，而後想將此桃種在崑崙山上，其實也符合大母神的神話原型。

郭大俠在「大話」下最大的翻轉，仍然是在俠道／盜世界。《大話山海經》雖被目爲「混種小說」，基本上仍屬武俠小說，關鍵在如何方能勝出？面對歷來名家輩出各擅勝場，該如何混／拼，才能成爲後現代主義的典範？郭大俠既躍身武林，難免也有互文性，唯如何別出心裁才能與之爭鋒？在這樣的影響焦慮下，構想出拼裝《山海經》的新寫法，這樣的翻轉能否成功，關鍵就在如何拼貼／接。虛構這樣的俠盜／道世界，盜亦有道，就在正邪之間如何處理得宜。由此即可提供一種另類讀法。

原本《山海經》之祕就在潛藏的「常與非常」筆法，「常」指尋常的動植飛潛，相對的人與物則屬「非常」，《搜神記》作者干寶所總結的就是「怪異非常」。武俠小說原即是講究「奇」的文體，何況有意融山海世界於一體。如《顫抖神箭》中奇肱國任天翔介紹飛車：「太平興國五年生產的『野鷹一九七型』」、增強記憶力的櫔木、軒轅之丘的丹砂、雄黃，乃至特殊的國度、重點的人物，無一非屬「非常」之物。怪異出身的或正或邪，主要在增強正邪雙方的戰力。第五公子俞啖至縱使優雅，最後也變成奇形怪物；而幫兇相柳則從外形到本性，始終不脫非常的兇狠本相。這種「非常化」又集中於名刀名劍、神功祕箭，就像「倚天屠龍」的金庸效應，武俠系譜中的名器崇拜始終不衰。本書既命名《火之音》，反／返讀就是「音之火」，乃將祝融生長琴加以名器化，而寫成一部名琴／人追尋錄，關鍵就在非常化、神器化，武俠系譜中亦不乏琴棋，本書則在揭曉名琴／手的顯赫出身，因有《山海經》加持，乃能從名琴中勝出，此即神異化、非常化的明證，不過這樣的讀法仍是表相。

作家在創作中所提供的，既有表相／外在之相，也有本相／內在之相。在文學批評中這種例子所在多有，被大話的《西遊記》即是如此。故郭大俠所提供的可視爲一種「觸媒」：武俠敘事、神話元素，而觸媒效應就在如何觸發，觸發了什麼，其深淺端視讀者而定。關鍵在崔吹風＋名琴即形成琴道，在敘述中與時俱進，從「重金屬搖滾樂」的火氣齊發，修煉到能控制自如，才彰顯火琴使用之妙。小說對音兒所使的配樂功夫，乃至「水漫天」的祖傳祕技，是否也與時俱進則著墨較少。如是緊扣男女主角可謂第一層讀法，全書難免時有岔出，乃編劇家的寫作風格所致，唯其前後則有一致性。

唯火與水如何作爲媒介物？其觸媒效應爲何關聯人性？就在內在的「解冤」之道，也就是從水火「無」情到水火「有」情。所謂情，非僅指小倆口，音兒肩負祕密任務，卻因迷上音／火而愛及發動者崔吹風。問題隱藏在故事鋪陳的，萬年宿仇所成的冤、怨之結，如何才能化解？祝融與共工之間的恩怨情仇，現今已被重新考掘、論述，爲民族之間的一種觸媒。其次則是深沉的神話思維：五行中的火與水，在生剋哲學中既爲相制之物，如何方能轉爲相生？這種抽象性的理念，透過小說敘述加以形象化，而後具有多義性。從歷史層面詮釋，兩個對立的部落、家族因戰爭而結冤、積怨，如何才能化解？從屈原提出心之「冤結」到道教的「解冤釋結」，這樣的宗教智慧就是相信：冤、怨、恨若不解釋、解除，此結會愈來愈糾纏。而化解之道就是心、愛，通家之好就從新一代開始，只有眞愛才能化解，這就是昏／婚禮之義：結二姓之好而後龍鳳呈祥。崔吹風與音兒至此即被典型化，因音而解／相互理解，其背後龐大的歷史陰影，祝融與共工才能放下萬年冤、恨。小倆口間的遇合以水火關係爲喻，在文學趣味上是否寓有弦外之音，若不是過度詮釋，至少也提供了另一種讀法吧。

・李豐楙：曾任政大講座教授暨宗教所教授、中研院文哲所合聘研究員、中國古典文學學會理事與臺灣宗教學會理事。現為政大名譽講座教授。研究領域以古典文學、道教文學、道教文化、華人宗教、身體文化為主。著有《從聖教到道教：馬華社會的節俗、信仰與文化》、《土地神信仰的跨國比較研究：歷史、族群、節慶與文化遺產》、《文學、文化與世變》、《山海經：神話的故鄉》等；編審《山海經圖鑑》等。

自序

神與妖的人間喜劇

《山海經》，知道的人多，讀過的人少。

如今只要是有點神話色彩的故事，都會被冠上「出自《山海經》」。

嫦娥、盤古、青龍、白虎等等等等，一大堆並不出自於《山海經》的野孩子在臺上搔首弄姿；至於那三、四百個親生兒女，武羅、帝江、長乘、勃皇等等等等，反而被人遺忘了。

那些被遺忘的嫡子落難於何方？

一向喜歡收留各路神明的道教，只收留了女媧、祝融、后羿，以及經過整容變造的西王母。

其他的呢？爲何沒進收容所？

他們在商、周時代應該是被人廣泛崇拜過的，否則不會留下歷史紀錄。

他們的消失是個謎，好像還沒有人能夠找到答案。

我寫《大話山海經》，非關學術，也無意替崑崙眾神翻案，只是小說。

這一系列小說用的是比較少見的方式，不屬於《哈利波特》、《三劍客》的大河連續式，也不屬於「福爾摩斯」、「楚留香」的單元連續式。

我用的是類似巴爾札克的《人間喜劇》式。

整套小說分成七冊，每一冊都是獨立的故事，主角、配角都不一樣，但他們都會在各冊之中穿梭來去，沒有「領銜主演」、「客串演出」之分。A是第一冊的主角，在第二、三、四冊裡可能變成了配角；一、二、三、四冊中無足輕重的小配角，讀者卻赫然發現他是第五冊的主角，如此或更像眞實人生，小配角終有一天會成爲大主角。

我希望讀者不要被出版的先後次序所迷惑，因爲各個故事互不干犯，順著看是一種感受，跳著看或倒著看可能會是另外一種感受。

能讓大家獲得一些新的閱讀經驗，就算完成了我小小的心願。

主要角色簡介

崔吹風：天下第一樂師。英俊且性情溫和，樂音如金鐵交鳴，似大火燃燒、大地震盪。後經太常寺少卿顧寒袖引薦，進太樂署，成為史上最年輕的太樂伎。

音　兒：進財大酒樓洗碗房領班。模樣可愛，有一雙瞇瞇眼與兩顆小虎牙。聲音悅耳，但一開口就沒完沒了，渾若風中不停打轉的響鈴。

項宗羽：本名項財旺，乃項羽後代。外貌溫文，實是打遍天下無敵手的「劍王之王」，持湛盧劍。項家莊慘遭滅門後，以追殺惡賊為職志，後因在貢院殺人而遭罪。

莫奈何：個性憨厚傻氣的小道士。鍾情於梅如是。曾與櫻桃妖等人征妖除魔。後陰錯陽差接連受封夏國、大遼、高麗、大宋、于闐五國國師，身擁大夏龍雀刀。

梅如是：當今世上唯一女性鑄劍師。外表柔美，性情堅韌。自小與表哥顧寒袖訂有婚約。對兵器瞭如指掌，被視為莫邪再世。並為軍器監的劍作大將。身擁鷩駕寶劍。

顧寒袖：江南著名才子。去年赴試意外落第。曾出賣靈魂給惡魔，經崑崙之丘一役才重回人類氣息形貌。後因加開恩科，以時務策高掛金榜，獲晉用為太常寺少卿。

櫻桃妖 七千年道行。本相是身長六寸的小紅人兒，可以化爲小丫頭、少婦與粗壯大娘三種人形。覬覦莫奈何童男元陽，一人一妖因朝夕相處而心生微妙情感。

俞惔至 白冠白袍白履，面如白玉，人稱「第五公子」。爲神農氏後裔。然左眼是個大洞，可經由透明顱骨看見腦漿。意圖獨霸天下的陰謀日漸敗露。

祝融 崑崙山神祇，爲守護南方的火神。獸身人面，駕騎二龍。

共工 水神，脾氣暴躁。遠古時代曾被祝融打敗，視爲恥辱而結下難解世仇。

須盡歡 後在安南輔佐建立李朝，國號「大瞿越」。意圖一統天下。

程宗咬 有「天下第一富豪」之稱。貌似尋常，實另具身分，別有心機。本名程財興，先祖是唐初程咬金。從小稟賦愚鈍，後無師自通。鬚髮花白，黃牙零落，身軀矮小。手提一根爛木棍，人稱「劍怪」。

武羅 崑崙山神祇，渾身豹紋，戴兩隻金耳環，有著纖細的聲音與腰肢。

長乘 崑崙山神祇，長了一條不斷晃擺的狗尾巴，曾下凡荒唐遊歷。

帝江 崑崙山神祇，有六隻腳與四隻翅膀，身體圓滾滾，愛唱歌跳舞。

崔吹風五指輪撥琴弦，一陣重金屬搖滾樂聲流瀉而出，酒女們都跟著搖擺如柳。他什麼樂器都會，彈琴、吹簫、敲擊細腰鼓，都能發出震盪人心的節奏……

寒冬凜冽，風如刀割。「開封府」的「進財大酒樓」內卻熱氣蒸騰，人聲喧譁；酒女穿梭來去，酒客划拳暢飲。

忽然，一名酒女從大門外衝入，興奮高叫：「崔吹風來了！崔吹風來了！」

老顧客馬上站起來鼓掌歡迎，新顧客則不解其故，竊竊私語：「吹吹風是誰啊？還嫌外頭不夠冷嗎？」

另一名酒女嘲笑他們的無知：「你們是外地來的吧？連『天下第一樂師』都不知道？等著看吧！」

天下第一樂師

年少英俊的崔吹風穿著冬衣，瀟灑的進入酒樓。

大廳正前方有一座長臺，酒女們動作迅速的把許多樂器擺上臺面。「崔公子，請上臺！」

崔吹風站到長臺後方，脫下皮袍，所有的酒女與老顧客都做出叫大家安靜的手勢。

今日滿懷心事的崔吹風有些發怔。「要演奏什麼曲目呢？」腦中一片空白。

愛樂洗碗工

廚房內忙碌異常。

洗碗房的領班音兒聽見崔吹風來了，顧不得洗碗，拔腿就往外跑。

洗碗工都嚷嚷：「領班，妳又要發瘋啦？」

大廳內仍然一片寂靜，崔吹風仍在低頭沉思。

音兒莽莽撞撞的跑進來，隨手從跑堂領班張小衰的手裡搶過一塊抹布，「咯吱咯吱」的擦了擦臉，又不小心踢倒了一把椅子，桌椅連環碰撞，發出一串聲響。

大家都責怪的瞪向音兒，崔吹風卻因爲這一連串的聲音有了靈感，拿起琵琶：「今天很冷，來點熱的好不好？」

酒女、顧客齊聲大叫：「好！」

崔吹風五指輪撥琴弦，一陣重金屬搖滾樂聲流瀉而出，酒女們都跟著搖擺如柳。

崔吹風什麼樂器都會，一下彈琴、一下吹簫、一下敲擊細腰鼓，都能發出震盪人心的節奏。

紅牌酒女春荷當先站到臺前空地上邊唱邊跳，所有的酒女便都跟著她一起高唱歡跳，酒客們也一個一個的加入搖擺；二樓包廂裡的酒女、酒客也全都聚集在欄杆邊上，隨著音樂舞動。

酒樓外經過一隊巡城的兵士，他們的步伐也隨著音樂節拍，搖擺前行。

崔吹風演奏正酣，旁邊忽地傳來另一種類似鐘磬的聲音，若合符節。他偏頭一看，竟是音兒把一堆碗放在面前，裡面裝著不同高度的水，排列成音階，然後用筷子敲擊，發出輕脆的樂音。

崔吹風頗覺意外的盯了她一眼，招手請她過來。

音兒跑到臺前，隨手拿起一支笛子，順著樂曲節奏吹出恰到好處的配音。

「這個小丫頭是誰？可眞厲害。」崔吹風邊自心想，彈奏得更起勁兒了。

一朝飛上枝頭，卻是夢

一曲既罷，眾人瘋狂喝彩。

春荷高聲道：「大家聽著，崔公子明天就要去『太樂署』報到了，他可是史上最年輕的太樂伎！」

大家又熱烈拍手，崔吹風則苦笑著嘆了口氣：「唉，聽說那活兒可無聊了。」

一名老顧客粗著嗓門道：「邢大掌櫃，這就是你的不對了！」

進財大酒樓的大掌櫃名叫邢進財，他正坐在櫃臺內撥打他的金算盤，聞言不悅抬頭：「又干我什麼事？」

那老顧客道：「崔公子家境清寒，你若肯支付他高薪，他又何必去太樂署討生活？」

大家都知道邢進財是個慳吝鬼，崔吹風雖是酒樓的活招牌，他卻不肯花大錢供應他的生活。

崔吹風忙道：「這跟邢掌櫃與什麼生活費無關，是新任的『太常寺』少卿堅持要我加入太樂署。」

大家都道：「那你回絕了他，也就是了。」

邢進財笑道：「新任的少卿可是新科狀元顧寒袖，他親自來請，怎能回絕？」

大家一聽，也就不說話了。

今年九月加開恩科，江南第一才子顧寒袖以一篇「從一碗紅豆湯談起」的時務策，獲得皇帝趙恆的讚賞，高掛金榜之首，並立刻晉用爲太常寺少卿。

顧寒袖一方面跟崔吹風是舊識，與邢進財也勉強算得上是曾經併肩作戰的戰友，所以他親自出馬，當然只有應允的分兒。

春荷忙道：「沒關係，崔公子以後還是會常來我們這裡演奏的，對吧？」

酒女、酒客都道：「一定天天都要來哦。」

崔吹風不抱希望的一聳肩，敷衍著：「還不曉得太樂署的規矩是什麼？能來就來唄。」輕嘆一聲，又道：「最後再來一曲〈一朝飛上枝頭，卻是夢〉。」

崔吹風的音樂從來就沒有這麼無聊過，大家都聽出了他胸中的無奈，俱皆搖頭嘆氣；音兒更是心弦緊抽，眼角垂淚，也無法替他伴奏了。

最佳知音

崔吹風在酒女們殷勤相送之下，走出酒樓大門。

寒風吹得他縮起脖子，走沒多遠，就見音兒追了過來：「崔公子……崔公子……」追到面前，倒頭便拜。

崔吹風一驚，連忙扶起她：「妳幹什麼？」

音兒傻笑：「我拜師。」

崔吹風鄭重回答：「以妳的音樂才華，需要拜什麼師？」

「你太厲害了，我一定要拜。」

「以後還有很多機會，我們多多切磋一下就可以了。瞧妳挺眼熟的，我在哪裡見過妳嗎？」任何樂曲，崔吹風只要聽過一次就永遠不會忘記，但他對於形狀的記憶可差得很，尤其是人臉，見過幾次面之後仍然記不住。

「你當然見過我嘛。」音兒嬌嗔跺腳。「當初在洛陽，我就在酒樓的本店工作；後來開封分店開張，我跟著大掌櫃一起過來，現在當上了領班呢。」

崔吹風皺眉想了半天，仍想不出個頭緒：「妳是什麼工作的領班？」

「洗碗房的領班啊。」

崔吹風跌足：「唉喲，眞是浪費人才！」

「喂，碗洗得好，也是一種人才。」音兒天眞的拉著崔吹風的手。「崔公子，我可不可以跟你一起進太樂署？」

崔吹風失笑：「太樂伎都是男子，沒有女人的。而且那種工作……唉，要不是顧少卿執意相邀，我才不去呢。酒樓的薪酬雖不高，最起碼還能養活我娘。」

「太樂伎到底要幹些什麼啊？」

「皇上上朝要奏樂、退朝要奏樂、結婚要奏樂、生日要奏樂、祭天要奏樂、郊祀要奏樂……反正幹什麼都要奏樂，想也知道，都是那種很無聊的音樂。」

音兒樂觀的說：「也許顧少卿請你，就是要你一展才華與抱負，讓那無聊的音樂有所轉變。」

崔吹風一挺胸膛：「我也這麼想過，如果眞能這樣就好了。」繼而又認清現實的垂下頭。「唉，妳覺得，有這種可能嗎？」

「這種事當然急不來，只要你逮著演奏的機會，讓他們聽聽你的音樂，也許就……嘻嘻！」音兒抓住崔吹風的手直勁晃。「以後所有的場合都是你的天下啦！」

「這麼欣賞我的人，全世界大概只有妳一個了。」崔吹風緊握了一下她的小手，吁出一口長氣。「明天先去看看再說吧。」

原來是個補缺的？

多少懷著點夢想的崔吹風走入太樂署大門，迎面一棟大廳，雜亂的絲竹之聲由內傳出，是太樂伎們正在做著日常練習。

崔吹風一聽那沉悶的聲音，心中就涼了一半，很想掉頭逃跑，但見顧寒袖快步從廳中迎出：「崔兄，你來啦？我可等你好久了。」

崔吹風暗叫一聲「倒楣」，不得不跟著他往內走，第一步踏進去，他就呆住了。

大廳中共有八百二十九個太樂伎，而且是——八百二十九個鬚髮皆白的老頭兒！

崔吹風呆呆的望著他們，他們也都呆呆的望著崔吹風，過了一會兒才竊竊私語：「怎麼來了個大後生？」

「太樂署丞」原鍾石倒只有五十開外，他趨前一禮：「顧少卿，您推薦的人來了？」

顧寒袖介紹已畢，原鍾石便道：「崔員，你擅長何種樂器？」完全不曉得崔吹風在外的聲名，已先搭起了官架子喚他「崔員」。

崔吹風搔了搔頭，並不想誇耀，但又不能不說實話：「只要是樂器，都會。」

原鍾石咳了一聲，眼望他處，心中嘀咕：「什麼崔吹風，根本是崔吹牛！」

顧寒袖道：「前幾天，一名『琴工員』病故，你就先補上他的缺吧。」

崔吹風一怔，暗忖：「原來我是來補死人缺的？」心中更悶到了極點。

原鍾石面向那八百二十九個老頭兒高聲道：「今天難得太常寺少卿也是新科狀元光臨我們這個小單位，所以我們必須要請他給我們一些指點。」言罷就大拍起巴掌。

太樂署隸屬於太常寺，顧寒袖是他的頂頭上司，自然得巴結一下。

太樂浮沉錄

顧寒袖在太樂伎們不甚熱烈的掌聲中，走到大殿前方。

「在下並不懂音樂，只能隨便跟各位談談太樂的歷史。」顧寒袖不疾不徐的說著。「剛才原署丞說太樂署是小單位，實在太過於妄自菲薄，須知古之聖王制禮定樂，是何等莊嚴愼重的國家大事，其主要的功能便是教化百姓，《樂經》被列爲六經之一，可見歷代聖王都很重視音樂。」

原鍾石滿頭冒汗：「下官駑鈍不才，顧大人萬莫見怪。」

崔吹風尋思：「太樂的功用是教育百姓，就跟宣傳政令一般，難怪如此沉悶無趣。」

顧寒袖續道：「西周承繼太樂正統，迨至春秋時代，鄭、衛、宋、齊等國的淫樂興起，百姓都樂此不疲，禮樂因而喪矣。」說時，異常痛心疾首。

崔吹風心中好奇：「大家都說鄭國的音樂是靡靡之音，只不知這靡靡之音的淫樂，到底是什麼樣的音樂？」

「秦朝呑併天下，秦始皇下令焚書，除了醫藥、卜筮、種樹的書以外，都付之一炬，《樂經》因而失傳。後來大漢龍興，漢太祖劉邦命叔孫通制禮樂，但已找不到正統的樂師，只能用秦國的樂師制樂，所以班固作《漢書》，有『大漢繼周，久曠大儀，未有立禮成樂』之嘆……」

一名「楚嚴鼓員」舉手發問：「這麼說來，叔孫通所制的漢樂，竟來自於秦樂？」

「沒錯。」

「秦人只會拉直了喉嚨喚馬兒，哪懂什麼音樂？」

老頭兒們都撫著白鬍呵呵笑。

崔吹風又想：「原來其中還有這麼多曲折，那麼原先的太樂又是什麼樣的音樂？」

顧寒袖正色道：「經過漢朝四百多年許多有心人士的努力，畢竟有所成就，但噩運又來了，漢滅、魏亡，繼而統一天下的晉朝並未能維持多久，匈奴、鮮卑等五胡入主中原，天下大亂，太樂伎也分散各地，有南歸於東晉者、有北奔於匈奴者，尤以逃到河西爲最多。而稱霸中原的前趙、後趙等國的君主都因爲沒有太樂而煩惱，重大的慶典、祭禮都無太樂烘托，顯得寒傖異常，所以尋找太樂伎就成了當時各國的當務之急。」

崔吹風暗道：「音樂對他們來說，只是充門面、壯聲勢的東西而已。」

顧寒袖清了清嗓子，又繼續往下說：「剛才說過，許多晉朝的太樂伎都避難到了河西。河西走廊乃是『前涼』的根據地，前秦崛起，滅了前涼，便獲得了大批太樂伎與漢、魏清商之樂譜，國主苻堅大喜，自認只有前秦才有資格繼承正統……」

又一個「竽工員」問道：「顧少卿所說的就是那個發動『淝水之戰』的苻堅？」

「正是。苻堅志得意滿之餘，調發八十萬大軍討伐東晉，卻大敗於淝水，前秦因而四分五裂，西燕慕容沖率軍攻破前秦首都長安，擄獲不少樂工，但西燕又被後燕所滅，後燕又被北燕所滅，『鍾律令』李佛率領樂工奔南燕……」

「這麼多東西南北燕，聽得頭都昏了！」

老頭兒們又都笑咧咧。

太樂伎爭奪戰

「南燕國主慕容超的母親與元配妻子流落在後秦境內，後秦高祖姚興聽說太樂伎都在南燕，便以之作爲交換條件，慕容超不得已，獻樂工一百二十人於後秦，以贖其母……」

「咱們太樂伎還滿值錢的。」老頭兒們都很滿意。

「精彩的還在後面——慕容超沒了太樂伎，心裡悶得很，他聽說東晉還保存了一些古樂與樂工，便發動了一場史上最獨特的太樂伎爭奪戰！」

「爲了我們打仗呢！」一名「簫工員」高興的說。

「雙方大戰於宿豫，東晉敗退，南燕擄走了兩千五百名正在學習階段的年輕太樂伎……」

「那批獻給後秦的老樂工呢？」原鍾石問。

「後來，東晉的大將劉裕滅了後秦，將那批老樂工帶回江南；一百七十二年後，隋文帝平定江南，將老樂工的徒曾孫、徒玄孫帶回長安，一聽他們演奏，便高興的說：『此華夏之正聲』，設置『清商署』安頓他們，太樂與太樂伎終於有了比較安定的環境，以迄於今。」

老頭兒們都衷心讚嘆：「顧少卿學富五車，讓我們茅塞頓開！直到今天方才知道我們有多重要！」

顧寒袖又清了清嗓子：「話說回來，《樂經》毀於秦朝，所以從秦朝開始，正統的太樂就已失傳，雖然經過各代修補、改正，但都不能說是正統的太樂……」

原鍾石逮到機會，想要扳回一城：「下官聽老一輩的太樂伎說，《樂經》並非毀於秦火。」

顧寒袖見招拆招：「關於此點，一直有很多種說法，有人認爲《周禮．春官宗伯章》的〈大司樂〉就是《樂經》；有人認爲《樂經》是樂譜，所以根本沒有《樂經》這部經書；不過一般的看法仍是《樂經》失傳於秦朝……總而言之，我們若能找到失傳的《樂經》，可是史上最重要的發現之一！」

一名「梁皇鼓員」問道：「少卿，您覺得《樂經》裡記載的音樂會是什麼樣的？」

顧寒袖笑道：「我已說過，我不懂音樂，但我認爲應該是神聖莊重之音，很慢、很沉、很嚴肅……」

顧寒袖拉直喉嚨，唱出一個不太好聽的音，一直拖、拖、拖……拖了一炷香的時間還沒結束。

老頭兒們都呆張著大嘴等待，等他唱完了就送上一頓阿諛奉承，但崔吹風實在聽不下去，開聲道：「顧兄，我覺得這不是音樂，音樂應該是發自靈魂的聲音。」

大廳陷入一片難堪的死寂，大家都瞪著他。

顧寒袖訕笑著咳了兩下：「崔老弟當然比我了解得多……呃，再過幾天便是冬至，皇上要祭『昊天上帝』，大家快練習一下這首曲子，我先走了。」

顧寒袖離去之後，老頭兒們才收回瞪視崔吹風的眼光。

崔吹風討了個沒趣，正想把自己帶來的琴放好，原鍾石走過來，故意撞了他肩膀一下，並狠狠的呸了一口：「什麼靈魂的聲音？活膩啦？」

老鷹之歌

朔風如狂，捲天襲地。

時當宋眞宗大中祥符二年十一月冬至。

皇帝趙恆在城郊的圜丘上祭拜昊天上帝，百官相隨。

太樂樂團坐在丘下準備奏樂。今天只來了一百二十四個太樂伎，都被寒風吹得瑟瑟發抖。

崔吹風被排在最角落，面前放著一具琴，他不時用嘴呵著被凍僵的手指頭。

圜丘上的典禮完成了。

太樂署丞原鍾石舉手示意，樂團開始演奏，是一闋十分莊嚴肅穆但沉悶已極的樂曲。

歌者開聲唱道：「北方之神，執權司冬，三時務農，於焉告功；禮備樂作，歸功於神，風馬來游，承錫斯民……」

要死不活的歌聲讓崔吹風直打呵欠，皇帝趙恆則在歌樂聲中走下圜丘。

突然，一隻老鷹飛過天空，發出抑揚頓挫的鳴叫。

崔吹風一聽這聲音就有了靈感，直接反應的撥動琴弦，與老鷹的叫聲互相應和。

趙恆正刻意邁動莊嚴的步伐，不料旁邊傳來一陣像是要把地面帶上天空似的、火辣激昂的音樂，他腦中一陣暈眩，暫時失卻了平衡感，楞住了。

百官也楞住了，原鍾石也楞住了，崔吹風身邊的老頭兒全都楞住了，因為不敢說話，都以肢體動作向他示意，但崔吹風沉醉在旋律中，渾然不覺。

他的琴聲愈來愈搖滾，百官之中竟有人情不自禁的輕輕擺動起腰肢與雙手雙腳，連皇帝都有些蠢蠢欲動。

原鍾石氣急敗壞的想要跑到崔吹風面前，卻先摔了一大跤，兀自伸出顫抖的手，指著崔吹風大吼：「你去死！」

崔吹風愕然住手，還不知自己闖下了大禍。

「大不敬」要判什麼刑？

崔吹風直挺挺的站在太樂署的大廳外，面向牆壁，像一個做錯事情的小孩。

「太常寺卿」駱伯和帶著少卿顧寒袖快步走入大門，原鍾石忙由廳內衝出，趨前行禮：「兩位大人……」

駱伯和走到崔吹風面前，破口就罵：「太樂署有樂工八百三十人，就沒一個像你這樣的……這樣的混帳！」

顧寒袖忙道：「駱大人，要怪就怪下官，都是下官將此人引薦入太樂署。」

駱伯和重哼一聲，還不想對這個可能是皇上心目中的大紅人翻臉說重話。

顧寒袖挨近崔吹風悄聲道：「大家都說你是個不世出的音樂奇才，但太樂伎的工作是什麼，你到底搞清楚了沒有？」

崔吹風囁嚅：「我以爲都是音樂……」

駱伯和厲聲道：「這事可大可小，你若被判『大不敬』，那就……哼哼！」轉頭吩咐隨從。「把他關進大牢，擇期受審！」

隨從們上前押著崔吹風就走，大廳內的八百二十九個老頭兒都擠在門窗邊，有的幸災樂禍，有的嘆氣搖頭。

崔吹風沒想到事態竟會如此嚴重，嚇得面無人色，悄問顧寒袖：「大不敬會被判什麼刑？」

「論律……」顧寒袖嘴唇發抖，勉強迸出幾個字：「當斬！」

隔壁牢房的怪人

崔吹風不知道自己是怎樣進入牢裡的。他腦中一片混沌恍惚，好像在夢遊，又似醉酒。等他清醒過來時，才發現自己坐在又髒又臭又窄小的牢房裡。

「喂，放我出去，我沒幹嘛啊？」喊了十幾聲，只沒人應，他跳起來抓住鐵柵猛搖，叫得更大聲：「來個人嘛，放我出去！」

驀聞旁邊一個暴躁的聲音道：「你這小子給我閉嘴，我已經忍耐你很久了！」

崔吹風轉頭一看，隔壁牢房內關著一個鬍子長滿了臉的人，幾乎看不見五官，只有兩隻青磷磷的眼睛從毛髮底下射出比劍還銳利的光芒。

崔吹風咳道：「我是冤枉的……」

「被關在這裡的人，沒一個是冤枉的，統統都該死！」那人躁烈的說。

崔吹風一楞：「你也該死？」

「當然該死！」那人大吼。「如果你再不閉嘴，我現在就宰了你！」

崔吹風還想跟他抗聲，只見幾名獄卒進來放飯，一間牢房一盆糟糊糊的東西，老遠都能嗅著餿臭味。

但到了這怪人房前，獄卒竟捧出一個盛有四菜一湯的食盒，恭恭敬敬的放在牢房門前六尺遠的地方，然後用棍子把那食盒推到鐵柵前，顯然是沒有人敢接近他。

崔吹風暗想：「連獄卒都這麼怕他、敬他，我還是別跟他吵了吧。」

氣窗外暮色降臨，犯人們都睡著了，崔吹風輾轉難眠，想起母親獨自在家，可能還不知道自己被關入大牢，甚至可能會被判處死刑，他不禁悲從中來，抱頭飲泣。

突地，一溜液體從頭頂澆下，流得他滿臉，臊臭難聞，抬頭一看，竟是那怪人隔著鐵柵，對著他的頭撒尿！

崔吹風顧不得許多，爬起身子就想跟他理論，那怪人又從鐵柵間伸過手來，掐住他的喉嚨：「我最討厭你這種又囉唆又愛哭的鄰居，你早點死了算了。」

怪人的手愈掐愈緊，崔吹風面色漲得赤紅，喘不過氣，眼看就要斃命。

對面牢房的犯人勸道：「大哥，放了他吧。上次你把你的鄰居掐得半死，你還挨了幾十記『批頭』，何必又來一次呢？」

怪人冷哼一聲，終於放開了手，崔吹風痛苦的哮喘著倒在地下。

另一邊隔壁牢房的犯人「老伍」悄聲道：「那傢伙殺人如麻，你少惹他爲妙。」

噩運接踵而至，崔吹風再也不敢吭聲大氣兒了。

獨一無二的梅大將

晨曦透入時，崔吹風才勉強睡去，但過沒多久，便被獄門大開、獄卒喳呼的聲音吵醒：

「梅大將，您來啦？」

梅大將？是誰啊？會是來救我的嗎？

崔吹風挨到鐵柵前，向通道望去，並沒看見什麼大將，只有一名絕美的少女俏生生的走了過來。

崔吹風但覺她有點眼熟，可又犯了老毛病，怎麼也想不起曾經在何處見過，忙問另一邊隔壁的獄友老伍：「這女子是誰？」

「她是『軍器監』的『劍作大將』，天下唯一的女鑄劍師，幾乎每天都會來探望那個殺人兇手。」

梅大將走到那怪人的牢房前，從提籃裡取出熱騰騰的早餐：「項大哥，快趁熱吃了吧。」

崔吹風心忖：「原來這殺人兇手是什麼『項大哥』，但這梅大將乃是朝廷命官，爲什麼對他這麼好？」

他呆呆的望著梅大將，梅大將也看到了他，臉上浮現驚異的表情，正想開口詢問，又聽獄卒們高聲吆喝：「顧少卿駕到！邢大掌櫃也來了。」

崔吹風心中大喜：「這可是來救我的了。」

顧寒袖、邢進財快步走來，走到項大哥牢房前就停住了，齊聲問候：「項大俠，你還好吧？」

原來他倆也是來探望項大哥的，只是這會兒怎麼成了「項大俠」？這個脾氣壞透、亂殺人的傢伙也配稱大俠？

崔吹風忍不住喚道：「顧兄、大掌櫃，救我！」

顧寒袖、邢進財這才望向他。「哈，你正好跟項大俠隔壁，可沒人敢欺負你了。」

崔吹風鬱悶難當的想著：「誰欺負我？就只有他欺負我。」

顧寒袖站到崔吹風面前唉聲嘆氣：「崔兄，都是我害了你。我……唉唉唉……」

顧寒袖連嘆了幾十聲，只說不出半個道理。「梅大將」已從邢進財口中得知原委，責備的望著顧寒袖：「表哥，這崔公子是個天才，你爲何要把他弄進太樂署去？根本是在作賤他而已。」

顧寒袖又唉個不停：「我是因爲這……好歹也算是個仕途出身……」

梅大將哼道：「你心裡除了仕途之外，還有別的東西嗎？」

他倆是表兄妹，並早有婚約，但因顧寒袖的寡母無法接受媳婦在外發展自己的事業，使得這門親事陷入僵局，兩人見了面，總是尷尬非常。

崔吹風這才想起「梅大將」名喚梅如是，今年三月間在進財大酒樓的洛陽本店有過一面之緣。

又聽獄卒們大吼：「莫國師駕到！」

崔吹風胸中又燃起了一絲希望，因爲這「五印國師」莫奈何是酒樓常客，與自己可算是熟人。「他總是來探望我的吧？」

道士裝扮的渾頭小子莫奈何急急走來，又停在項大俠的牢房前，問候過他之後，就站在梅如是面前一逕傻笑搔頭。

莫奈何與梅如是從今年年初就一起出生入死過無數次，他單戀梅如是已到了病入膏肓的程度，卻從不敢開口，但十月間他在敦煌鼓起勇氣大聲喊出自己的心意，使得梅如是不告而別，至今兩人還是第一次見面，尷尬的心情不難想見。

莫奈何、梅如是、顧寒袖三人就這麼尷尷尬尬的面面相對，都吐不出半個字。

崔吹風又囁嚅：「小莫道長，還記得我嗎？」

莫奈何顯然不曉得他也被關在這裡，嚇了一大跳，問明原因之後，爽快的說：「我若有機會面見官家，定會替你求情。」

宋時臣民大都以「聖人」或「官家」稱呼皇帝。

眾人探望項大哥已畢，離去前，邢進財兀自特別拜託他照顧隔壁的崔吹風。

項大哥呸道：「我沒殺他就算是照顧他了。」

開封有個鮑奸官

項大哥說歸說，畢竟對崔吹風好了些，最起碼不會把尿撒在他頭上了。

又過兩天，獄卒帶了一個頗有派頭的長隨進來，打開牢門：「崔吹風，算你狗運，知府大人要見你。」

崔吹風暗喜：「小莫國師果然有用。」

滿心歡悅的跟著那長隨來到權知府宅邸，被安排在一個小邊間裡呆站著等待。

約莫一個時辰之後，才見「權知開封府」大剌剌的走入。他名叫鮑辛，是去年的狀元，升官之速，史無前例。

崔吹風恭敬行禮：「鮑大人……」

「嗯。」鮑辛看都不看他的哼了一聲，逕自坐下，僕從人等端上好茶，鮑辛便自顧自

「戳戳戳」的喝著，「噗噗噗」的噴葉末。

又過了半個時辰，鮑辛才舉眼瞄了一下崔吹風：「你就是那個胡彈亂奏的樂師？」

「草民……不知規矩……」崔吹風只好這麼回答。

鮑辛仍悠哉的喝著茶：「我問你，你是怎麼進入太樂署的？」

「是顧少卿引薦我……」

「顧寒袖？」鮑辛猛然一聲大吼，把茶杯重重往几桌上一放，厲聲道：「你是顧寒袖的黨羽？」

崔吹風嚇壞了，半晌才道：「黨羽？我不是什麼黨羽。」

鮑辛起身，戟指崔吹風，活像要用手指把他戳死：「明明就是！你們兩個早就串通好了的，對不對？」

「串……串串串……串通？」崔吹風結巴著。「串通什麼？」

「串通敗壞朝綱！串通侮辱昊天上帝！串通氣死皇上！串通……」

崔吹風每聽他說一句，身體就往下沉一寸，到了後來，整個身體幾乎都快要貼到地下去了。

鮑辛驀地換上一副笑臉：「崔兄弟，不必如此，來來來，坐，喝茶。」

崔吹風又呆了，這是在幹嘛？

鮑辛親切的說：「我知道你只是顧寒袖手下的一介小卒，你的罪名並不嚴重，只要你把主謀招出來，我包你沒事，馬上就能回家。」

崔吹風不是三歲小孩子，雖沒進過官場，但也明白官場的把戲，原來鮑辛想要藉機打擊顧寒袖，鞏固自己的地位。

崔吹風是個性情溫和的音樂人，從來沒有伸張正義、堅守道德、秉持天理等等的想法，他的生活跟這些完全搭不上邊，但是現在這個狗官卻出了個難題來困擾他，他只覺一團火從肚子裡升起：「你是在找我的麻煩？我告訴你，是我幹的就是我幹的，不是我幹的就不是我幹的，你硬要把不是我幹的說成是我幹的，又把是我幹的套到別人頭上，我可不會容許你這麼幹！」

這一席幹話，弄得鮑辛楞住半天，終於厲聲道：「崔吹風，你這個蠢材，你就提著你的腦袋去喝西北風吧。彈琴彈到被殺頭，你絕對是千古第一人！」

又見陰謀

鮑辛命人還押崔吹風之後，走入花廳，一個白衣白袍、白履白冠、面如白玉的人正在等著他。

此人本來應該是個毫無瑕疵的佳公子，然而一個缺陷讓他變得只剩獰惡，因爲他的左眼部分是個大洞，眼窩深陷，裡面的顱骨竟是透明的，甚至看得見腦漿。

鮑辛剛才的趾高氣昂全都沒了，狗也似的挨到他面前，蚊子般囁嚅：「俞公子……」

原來他竟是當世最負盛名的「第五公子」俞裧至。

他乃神農氏末代君主「帝榆罔」的後裔，一直想從黃帝子孫手中奪回中原的統治權。

神農氏的特徵是「水晶肚」，除了四肢與頭顱外殼之外，其他部分都是透明的，五臟六腑清晰可見，若吃下有毒的東西，某個內臟便會發黑，可以一目瞭然。

今年他連續策畫了幾番陰謀，都未能得逞，十月間被半人半鳥的「百惡谷主」薛家糖啄瞎了一隻眼睛，弄成現在這副恐怖模樣。

俞裧至喝了一口茶，頗爲嫌棄的吐在地上：「怎麼樣，那個崔吹風願意配合嗎？」

「他……出乎我意料，骨頭挺硬的，不肯。」

俞裧至的腦漿開始沸滾：「上次我叫你判那項宗羽死刑，你沒判成；這回要你藉著崔吹風扳倒顧寒袖，又不成。我眞不知當初爲何要栽培你這個草包。」

鮑辛嚇得跪倒在地：「俞公子饒命！」

俞裧至冷然道：「這回你定要判崔吹風死刑，否則他反咬你一口，你就完蛋了。」

「是！」

誣賴之歌

崔吹風頹喪已極的躺在牢房裡，是否要出賣顧寒袖的念頭不時困擾著他，他不免跟隔壁的獄友老伍討論著：「我又不是江湖大俠、又不是聖賢子弟，『義』之一字於我何用？」

老伍說：「本來嘛，事情到了這節骨眼兒上，還講什麼義氣？」

崔吹風靈感陡生：「嗯，義之一字於我何用、何用、何用？倒可以寫一首不錯的歌，」開聲哼著：「嘟嘩啦哩咻咻哩哩，哩啦、哩啦、哩啦……」

老伍點頭道：「挺好聽的。」

項大哥在另一邊罵道：「你再吵，我就宰了你！」

崔吹風又苦悶了，回到原先的想頭：「如果我誣賴了顧寒袖就可以活命……」

老伍悄聲道：「換作是我，早就把他扯下水了。」

崔吹風的眼睛又直了：「嗯，誣賴一個好人，如此痛苦……滿好的滿好的，哩啦嘟嘩哩哩，啦哩啦咧……」

老伍笑道：「這首也不錯。」

幾天內寫了不少曲兒，若非項大哥罵不絕口，還會寫得更多。

命運之歌

這日上午，牢門被獄卒打開：「出來吧，上堂受審。」給崔吹風戴上腳鐐手銬，牽著他往外走。

腳鐐拖地發出聲音，扭動雙手，手銬也會發出聲音。

崔吹風走著走著，又有了靈感，臉上浮出笑意。

上了公堂，衙役以水火棍尾擊地，厲喝：「威武！」

崔吹風走上堂來，邁動沉重的步伐，時前時後、時左時右，他的手銬、腳鐐便都跟著發出聲響，正好配合上棍尾擊地的聲音，渾似一首命運交響曲。

坐在公堂旁邊，提著筆準備寫公文的師爺禁不住跟著搖擺，衙役中亦有人跟著晃動。

高坐公堂之上的鮑辛見此情形，大為惱怒，拿起驚堂木拍下：「罪犯何人？」

所有的聲音都停止了。

崔吹風不甚情願的跪下：「草民崔吹風。」

鮑辛低頭看著公文案卷：「崔吹風，你為何故意擾亂祭天儀式？」

「草民……是被天上的那隻老鷹帶壞的，大人應將那老鷹抓來受審。」當然都是獄友們給他出的主意。

「抓老鷹？」鮑辛楞了一下，大罵：「你還狡辯？本府原本不願深加罪責，但你這種態度，顯然從一開始就心存大不敬。你可知大不敬要受何種刑罰？」

崔吹風就怕聽這話，登即面如死灰。

鮑辛又敲一下驚堂木：「崔吹風聽判！」

就在這時，一個名喚何喜的「內侍押班」快步走入：「鮑大人，皇上有口諭。」

鮑辛暗自嘀咕：「上次我想判項宗羽死刑，就是他來傳達官家的口諭，要我輕判，今天怎麼又來了？」

不得不請何喜上堂：「何押班，又有何貴事？」

何喜在鮑辛耳邊悄聲道：「皇上說啊，那日聽了崔吹風的音樂，回宮之後心情挺愉快的，所以啊，請府尹大人輕判。」

鮑辛心中一驚，乾咳道：「又要……輕判？」

何喜笑道：「輕判。」

鮑辛道：「這……總不能每個人犯，官家都要管吧？」

何喜見他有意推托，便沉下了臉：「鮑大人，你若想堅持己見，當然沒問題，我這就回去如實回稟官家。」言畢，轉身就走。

鮑辛嚇得連聲低叫：「輕判、輕判，我輕判。」萬不得已的坐回座位，驚堂木都快拿不動了，拖著鼻涕般的聲音道：「下跪人犯崔吹風聽判：本府判你流放三千里。」

一籤三千里

開封府的長班內，所有的官差輪流在籤筒中抽籤，一邊嘀咕著：「這趟活兒要走到廣南西路的『柳州』，豈止三千里？而且經過的都是些鳥不生蛋的地方，眞是見了鬼的差事！而且聽說崔家窮得很，半點油水也沒有。」

七月間才從洛陽轉過來的董霸、薛超打開手中籤，齊發一聲喊：「我他媽的怎麼這麼倒楣？」

其餘的官差互相擠眉弄眼，顯然是他們早就設好的局，把爛差事推給這兩個新來的同事。

都頭好心提醒：「就照老規矩辦事嘛，兩天之後就到了『野豬林』！」

吹風起解

崔吹風的脖子上戴著一面小木枷，被董霸、薛超押出監獄大門。

門外冷冷清清的，不見半條人影。

董霸哼道：「不是聽說你很受歡迎嗎？怎麼連一個送行的都沒有？」

薛超哼道：「他們聽說你犯了事兒，全都躲著不理你了。小子，見識一下人情冷暖吧。」

崔吹風頗爲頹喪，但見五十左右的母親趕了過來：「風兒！風兒！」母子倆不免抱頭痛哭一場。

董霸不耐道：「好了好了，要上路了。」

崔母從肩上取下琴袋，遞給崔吹風：「你沒有琴活不了，帶著吧，路上多奏給兩位官人聽。」

董霸、薛超都在心裡暗笑：「他剩沒幾天好活了，給自己演奏一首安魂曲吧。」

崔母又取出一隻活雞，想要送給董霸、薛超：「官人請笑納……」

董霸、薛超瞋目：「當咱們是乞丐？嘖嘖嘖，拿回去！」心道：「好歹也孝敬塊把銀子吧？」

一行人正要上路，獄門忽又打開了，都頭由內急忙衝出：「等等，權知府要你們順路多押解一個。」

薛超皺眉：「又多一個？什麼人啊？」

都頭支吾道：「嗯……這個主兒嘛，有點麻煩……」

話沒說完，就見獄門中走出脖子上戴著一面大枷的項大哥。

董霸、薛超快要昏倒的驚呼出聲：「項宗羽？」

崔吹風也一驚，原來這項大哥就是「劍王之王」項宗羽？

記得曾經在進財大酒樓的洛陽本店見過他幾次，每次都滿臉浩然正氣，滿心光明坦蕩，滿身翩翩風度，哪像現在滿臉雜鬚亂鬍、滿嘴罵人髒話、滿眼殺氣兇光。

都頭悄聲道：「遞解他的消息若傳出去，定有許多達官貴人前來送行，所以權知府決定偷偷的把他送走，免得節外生枝。」

董霸悄聲道：「他的流放地是哪裡？」

「也是柳州。」都頭說著，使了個眼色，意思不外「一併辦理」。

嘮叨的音兒

一行人自以爲神不知鬼不覺的走出城門，嘩！可熱鬧了！

進財大酒樓的酒女與老顧客們全都等在城外。「崔公子，保重啊！好走啊！快點回來啊！」的叫聲震耳欲聾。

春荷代表大家提了個沉重的大布袋走到董、薛二人面前，冷笑道：「這裡有珍珠五十串，價值最少一千兩紋銀，你們兩個把崔公子侍候好了，否則等你們回來，我們可饒不了你倆。」

酒女們全都怒目而視、酒客們全都摩拳擦掌。董霸、薛超大樂之餘，不忘打躬作揖。

「各位放心，全包在我們身上。」

酒女們又拉著崔吹風哭了半日，方才放人上路。

走不出半里，又見音兒揹了個特大號的包袱趕過來：「等等我！」

薛超賊眼瞅著大包袱，笑道：「又來送銀子啊？眞不好意思。」

音兒啐了一口：「哪有什麼銀子？這裡面都是崔公子跟我的日常生活用品。」

董霸皺眉：「妳……這什麼意思？」

音兒挽住了崔吹風的胳膊：「我是他徒弟，他去哪兒，我就去哪兒。」

崔吹風苦笑：「音兒姑娘，別這樣……」

薛超失笑：「小丫頭不知天高地厚，妳可知道這一趟有多遠？」

音兒一揚頭：「不管多遠，我都要跟到底！」

董霸、薛超暗哂：「走不上兩天，她就知難而退了。」嘴上便道：「哈，那就隨便妳吧。」

兩人押著崔吹風、項宗羽往前走，音兒綴在最後面不停嘮叨：「我就曉得你們這些防送公人的把戲，犯人若是沒錢孝敬，晚上投店，就弄盆開水給犯人泡腳，燙得犯人兩腳起水泡，對不對？明天再給他穿上一雙全新的草鞋，一走路就把水泡都磨破了，讓他痛得要死，對不對？然後你們就可以怪他走得太慢，一直打他、罵他，對不對？然後……」

音兒的聲音好聽極了，但只要一開口就沒完沒了，渾若風中打轉的風鈴，一直響個不停。

董霸、薛超被她吵得煩死了，還未及翻臉，項宗羽已先受不了，破口大吼：「丌那丫頭，妳安靜一點可不可以？」

音兒噘嘴道：「這可奇了，我是幫你監督他們，你反倒回過頭來罵我？你要知道，這世上的好心人不多。我也不想幫你，我想幫的是崔公子，不過你們既然一路，我也就順便幫你一下。我也不要你感激我，但是你也用不著罵我；你要罵我，我也沒辦法，但也用不著這麼大聲；你這麼大聲也沒關係，只是別嚇到我……」

項宗羽暴烈跳腳：「董霸，你再不叫她閉嘴，我就宰了她！」

崔吹風忙道：「音兒，這位項……咳咳，項大俠，脾氣不好，妳就別惹他生氣了。」

音兒哼道：「大俠？有他這樣的大俠嗎？人家大俠都是穿著白素淨面的綢緞袍子，頭上戴著簪了一大朵紅纓的帽子，腰間掛著金光閃閃的劍，背上揹著黑漆亮亮的硬弓，騎著白驃驃的駿馬，跨著銀晶晶的馬鞍，臉上一根鬍子也沒有，見了人就很瀟灑的作個揖，口稱『仁兄，在下這廂有禮了，請閣下賜教』，哪有像他這樣，滿臉鬍渣渣，人不像人，豬不像豬，明明自己就要被宰了，還想去宰別人……」

項宗羽悶哼一聲，回身就想衝過來，董、薛二人急忙攔住。「項大俠，別跟她一般見識。」

崔吹風悄聲道：「音兒，他可是『武林三大劍客』之一，別說得這麼不堪。」

音兒道：「哼，大劍客呢，頸子上戴著枷，被人趕著走，大賤豬還差不多……」

崔吹風急著想截斷她的嘮叨，便大聲詢問董霸：「項大俠犯了什麼罪？」

董霸道：「九月裡，他大鬧貢院，還殺了一個考生，這絕對是死罪，但小莫國師替他說情，竟然保住了性命。」

薛超接道：「因爲那被殺的考生竟是『中原五兇』之首『鬧天鷹』，企圖矇混過關奪狀元。」

崔吹風問道：「中原五兇又是什麼人？」

「那是五個最窮兇極惡的匪首，到處殺人放火，所過城邑皆成廢墟。幾年前，他們侵入江東項家莊，把項大俠的家族五百多口殺得十不存一。」

項宗羽怒喝：「還說這些做什？閉嘴！」獨自快步往前行去。

「唉喲，好慘！」音兒倒可憐起他來了。「怪不得他脾氣這麼壞。」

董霸又小聲道：「聽說他的妻子還被一個左臂有著龍紋刺青的匪徒先姦後殺，所以他這幾年一直在追殺那群兇徒……」

薛超續道：「今年三月間，他先在崑崙山殺了老二『破城虎』……」

項宗羽雖走在前頭，仍聽得清楚，冷哼道：「他是被妖怪殺的。」

薛超道：「五月間，又在鄭州殺了老四『翻山豹』……」

項宗羽道：「他是自己射死自己的。」

「六月間，又在洛陽邙山殺了老五『出林狼』……」

「那是『形意門』的掌門千金霍鳴玉殺的。」

「九月間，又在貢院裡殺了老大『鬧天鷹』……」

項宗羽仰天狂笑：「這個確實是我殺的，殺得好！」

薛超說得更小聲：「聽說這鬧天鷹就是有著龍紋刺青的元兇。」

「果然殺得好！」音兒義憤填膺，想了想，又問：「還有一個老三呢？」

「老三名喚『裂地熊』，還不知在哪裡？」

音兒不禁憂心：「項大俠，從前都是你找他們報仇，現在他會不會來找你報仇？」

項宗羽森然冷笑，活像一個魔鬼：「我正是要等他來！」

董霸、薛超都嚇愣了。「萬一裂地熊眞的來了怎麼辦？媽呀，這趟差使太爛了吧？」

一箭雙鵰

第五公子俞啖至原本在洛陽有座豪奢無比的「天下第一莊」，但六月間他謀反的陰謀敗露，被官軍剿得一乾二淨，現如今他在開封的據點「登峰閣」就差多了，然而他品茗的習慣仍未改變，每天都要喝掉價值五百兩以上的頂級茶葉。

總管單辟邪大步走入：「啓稟俞公子，項宗羽上路了。」

俞燚至放下茶杯，從透明空洞的左眼窩裡可以看見他的腦漿正在渦動：「都安排好了嗎？」

「董霸、薛超都是我們的嘍囉，但僅憑他倆太不可靠。」單辟邪說。「項宗羽雖戴著重枷，仍不可掉以輕心。」

俞燚至的腦漿旋轉得更快了：「裂地熊呢？」

鬧天鷹等中原五兇都是俞燚至手下的人馬，被項宗羽追殺得只剩一人，俞燚至自然恨項宗羽入骨。

單辟邪道：「裂地熊在五兇裡面最爲神祕，聽說他是因爲塊頭極大，怕惹人注目，所以總是把自己的行跡隱藏得很好。」

「再繼續聯絡他。」俞燚至刻意提醒。「記住，那個同行的崔吹風也得除掉。」

單辟邪稍稍一怔：「他有什麼重要？」

「那小子邪門得緊，總是個禍害。」俞燚至的腦漿笑出了個酒渦。「反正我也不愛聽音樂。」

歌舞客棧

日暮時分，崔吹風一行人來至一個小鎮，投宿一家「昇平客棧」。

宋朝時押解人犯，但有公文，旅店便不收房錢、飯錢，當然都是最低等的待遇。

崔吹風因身懷五十串珍珠，花錢更不手軟，叫來了一桌上好酒菜，聊慰一日辛勞。

董霸、薛超吃得眉開眼笑，俱皆心忖：「崔吹風得了許多錢，這一路好吃好喝好住，不忙著殺他，先逍遙幾日再說。」

崔吹風與項宗羽的右手都被鎖在枷洞裡，只剩左手可用，崔吹風有音兒幫著餵，項宗羽則氣鼓鼓的坐著，面對美食，不吃半口。

「項大俠，我餵你。」董霸好心。

「我不吃這傢伙請的東西，給我塊大餅。」

項宗羽吃完了店家給的餅，仍瞪眼坐著。

薛超道：「項大俠，累了？要不，您先去睡吧。」

兩人把項宗羽送入房間，讓他先行就寢。出來後，兩人嘀咕商議：「這人恁地做怪，要不要跟那小丫頭說的一樣，弄盆開水燙他的腳？」

再坐回座位大吃大喝，音兒卻道：「崔公子這樣吃飯實在不方便，你們不能把枷打開嗎？」

薛超瞪眼：「枷上貼有封條，怎能隨便打開？」

音兒也瞪眼：「你又跟我裝糊塗，你們防送公人的伎倆，我還不明白嗎？有錢的犯人，你們就拿點水把封條沾溼了，一揭就揭掉了，到了流放地，才又重新把枷戴上、封條貼上，我說的對不對？白天我不挑明，是因爲有那個項宗羽在，你們不好意思當他的面弄這套把戲，現在他去睡覺了，你們還要折磨崔公子？他請你們吃、請你們喝，所謂拿人的手短，吃人的嘴軟，你們好意思嗎你們？」

董霸、薛超實在受不了她的嘮叨。「小丫頭，妳一張嘴就說個沒完，什麼時候才會停住啊？」

音兒笑道：「只要崔公子一演奏音樂，我就不說了。」

薛超無奈，只得把崔吹風的封條揭了，打開枷鎖。音兒早把崔母今早送來的琴放在桌上：「天下第一樂師，請就座。」

崔吹風一笑：「妳也拿個東西來伴奏吧。」

音兒道：「今晚，我的歌聲就是最好的伴奏。」

「好咧！」崔吹風十指一揮，火辣辣的音樂頓時讓整個空間活躍奔騰，客棧飯廳裡的顧客都隨之站起擺動，連董霸、薛超都加入了瘋狂的行列。

音兒隨手抓起兩個小酒杯當鈴鼓，一邊開聲唱了起來。

飯廳內更瘋了！

音兒長得不美，但是很可愛，眼睛瞇瞇的，總像是在霧中看東西，兩顆小虎牙一齜，總像是在笑，而她一唱起歌兒，可讓大家覺得她眞是天下第一大美女。

崔吹風沒想到她的歌聲這麼好聽，彈奏得更加起勁。

夜已深了，沒有人想去睡覺，只想一輩子都如此這般的搖擺下去。

不知過了多少時候，忽見一個人從後面衝出，暴烈大吼：「都已經什麼時候了，你們還在幹什麼？」

原來是項宗羽被吵得睡不著，氣急敗壞的跑出來罵人。

飯廳內沒人理他，完全沉浸在樂聲當中。項宗羽深諳擒賊先擒王的道理，三兩步跳到崔吹風面前，一伸左手就掐住了崔吹風的脖子。

崔吹風正奏到激昂處，豈肯罷手，雖被掐得面漲如火，仍堅守崗位。

項宗羽怒喝：「這次我眞的宰了你！」手上加勁往下掐，眼看著就要把崔吹風的喉管掐斷。

就在這時，客棧外喊聲大起：「失火啦！快逃啊！」

只一眨眼，大火就從外面延燒進來。

音兒當然唱不下去了，尖聲大嚷：「大家快走！」

一堆人急急忙忙的逃到客棧外，只見小鎮上的火苗不止一處，好多個地方都在燃燒，火樹千條、黑煙瀰天。

「這是怎麼了？難道有匪幫進攻？」

鎮民們紛紛相詢，沒人有答案，火勢蔓延得很快，也容不得他們找出答案，爭相逃到鎮外。

野豬林內的兇案

清晨來臨時，崔吹風等人坐在一個小樹林裡喘息。

董霸、薛超終於鎮定下心神。「快檢查一下個人隨身財物。」

項宗羽哼道：「我有何財物？」

音兒氣嘟嘟的鼓著小嘴：「我的那個大包袱全完了！」

崔吹風抱著自己的琴，笑道：「該帶的都帶了。」

董霸、薛超鬆了一口氣。「你那五十串珍珠沒弄丟，真是託天之幸。」

「那些珍珠？」崔吹風一怔。「沒帶。」

董、薛二人幾快暈倒。「那你還說該帶的都帶了？」

崔吹風愛憐的摸了摸懷中琴：「我只要沒忘了這個就好。」

音兒瞬即瞟了一眼，只是一具老舊的七弦琴：「崔公子，你這琴很值錢？」

「值什麼錢？一年前在洛陽街上買的，一具二兩半。」

董霸、薛超回過神來，暗自商議：「這趟差使倒楣透了！那小子既然已身無分文，還留著他幹嘛？只是那姓項的難打發，得先跟他商量一下才好。」

兩人走到項宗羽面前一揖。「項大俠……」

「什麼事？」

「昨晚你差點殺了那姓崔的小子……」

「因爲他實在太吵了！」

「沒錯，昨晚你沒殺成，現在我們幫你把他殺了，好唄？」

項宗羽大笑：「好極了！快去殺！」

董霸、薛超掇起水火棍，逼到崔吹風面前。「小子，我們看你也走累了，以後都不用走了。」

崔吹風早嚇呆了，一聲也發不出來。音兒挺身攔在他面前：「你們想幹什麼？估量著崔公子沒錢了，就想下毒手？我告訴你們，你們防送公人的手段，我太了解了……」

董、薛一同咬牙。「妳這嘮叨的小丫頭，當然不可能讓妳活著！」

兩人舉起棍棒就想往下揮，忽聽後面發出一陣劈劈啪啪的聲音，回頭一看，項宗羽已把脖子上的重枷扭斷了。

兩人唬得屁滾尿流。「項大俠，您……想自己動手？就讓給您了……」

項宗羽走過來，一拳搗在董霸臉上，做了個豆花爆漿包子；再一腳踢在薛超的肚子上，熬了碗豬血肚片湯。

音兒搗臉不敢看：「出手怎麼這麼兇殘嘛。」

崔吹風囁嚅：「多謝項大俠，我就知道你的兇相都是裝出來的。」

項宗羽破口大罵：「我裝什麼？要不是你吵得我昨晚睡不好，今天我還不想殺他們兩個出氣！」

音兒笑道：「只要別把氣出在崔公子頭上就好。」

「我若再跟你們做一路，遲早會折斷他的雙手、撕爛妳的嘴巴！」

項宗羽轉身就想逕自離去，驟見林中人影晃動，從四周竄出幾十個人。

手持流星鎚、繩套等軟兵器的是鬧天鷹手下的盜匪；手持狼牙棒、大斧等重兵器的是破城虎手下的流寇；手持弓箭的是翻山豹手下的響馬；手持短刀、短槍的是出林狼手下的山賊。

原來他們經由第五公子的召喚，齊聚於此，要跟項宗羽算總帳。

項宗羽大笑：「舊債主都上門討債來啦？」

眾盜賊一湧而上。「還我們老大的命來！」

項宗羽絲毫不懼，只用雙拳應敵，一瞬間就打倒了三個人。

倏聞林中一個蒼老的聲音笑道：「項宗羽，你的老伴當來了。」

一道烏光閃過，項宗羽順手接住，低頭一看，竟是自己的佩劍——千古第一名劍「湛盧」。

眾盜賊大怒。「什麼人敢幫他？」

一名年約六十，又乾又瘦，鬍髮花白、狗頭豬眼的老者悠哉從林中走出，齜開沒剩幾顆黃牙的嘴巴笑道：「老漢名叫程宗咬，就是想幫項老弟一回。」

程宗咬？此人竟是武林三大劍客之一的「劍怪」！

盜匪們都傻住了。

項宗羽愛撫著自己的寶劍：「老哥哥，此劍何來？」

「是梅姑娘託我轉交給你的。」

項宗羽九月間在貢院惡鬥鬧天鷹時，並未帶劍，他知道自己此去無回，早將湛盧劍送給了愛劍成癡的摯友「劍作大將」梅如是。顯然，梅如是又轉交給程宗咬，並要他暗中保護項宗羽。他倆四月間曾經見過一次面，雖不熟識，但頗有惺惺相惜之情。

幾個破城虎手下的大漢，見這老頭兒沒啥出奇之處，便掄起重大兵刃圍攻而上。

程宗咬從來都不帶劍，只提了根爛木棍，這邊一揮，那邊一掠，那幾個大漢的重兵器就飛到樹林裡去了。

盜匪們目瞪口呆，忘了如何反應。

程宗咬笑道：「我勸你們快跑，等下就來不及了。」

盜匪們如夢初醒，正想拔腿。

項宗羽喝道：「一個都不准走！項家莊的四百二十七條人命，今日你們須得還清！」

湛盧寶劍出手，帶起一條條血河，項宗羽的身法又快，東邊殺幾個，蹦到西邊殺幾個，再衝回東邊殺那些腳慢的，剎那之間殺得滿林子血腥，果然一個都沒能逃掉。

程宗咬嘆道：「唉，何必呢？從前大家都說你辣手仁心，現在怎麼變得殺人不眨眼？」

項宗羽猛一皺眉：「老哥哥，別以爲你不把劍給我，我就殺不了他們。」言下之意，並不感激。

程宗咬也不跟他鬥嘴計較：「現在你打算怎麼辦？」

項宗羽沉吟片刻：「我犯了國法，身負重罪，若就此逃跑，罪就更重了，所以還是得自行前往柳州自首。」

音兒驚叫：「自首？哪有這麼呆的？」

崔吹風忙攔住她：「項大俠說得沒錯，如不自首，罪上加罪，難道我要終身躲躲藏藏的做個亡命之徒？」

程宗咬道：「本朝官家仁慈，常常頒發大赦令，像崔公子這種罪，說不定還沒走到地頭，赦免令就下來了，何苦逃亡？」

「既如此，那就走吧。」項宗羽瞪了崔吹風一眼。「只是……他還要跟著我嗎？」

「梅大將要我也照看他。」

既然梅如是如此分派，項宗羽便不再言語。

程宗咬道：「前面就是『尉氏縣』，你們不如上那兒去自首，縣令自會另行派人押送。」

一行人走離樹林。

林中深處仍有兩人在竊竊窺伺，他倆都只有一條手臂，其中一人竟生著三張臉！

縣衙失火，殃及城門

崔吹風等人來至尉氏縣，直奔縣衙，卻見大門緊閉，一個衙役坐在臺階上打盹兒。

程宗咬上前搖了搖他：「差爺，有人來自首。」

那衙役頭都不抬的直揮手：「到別處去。」

程宗咬耐著性子：「我們要見縣老爺。」

「老爺還在睡，傍晚才升堂。」

眾人無奈，只得坐在縣衙前的茶棚內等待。

音兒道：「餓了。」

項宗羽瞪眼：「我一文錢也沒有。」

音兒道：「我又沒跟你說話。」

崔吹風笑道：「我也沒半文。」

音兒道：「我曉得你沒錢。」

程宗咬眼望別處，假裝沒聽見，邊從懷中掏出四個窩窩頭，自吃一個，其餘的三個便擺在竹几上。

音兒見這些窩窩頭又黑又硬，還有點發霉，捏著鼻子道：「程大俠……」

程宗咬乾咳支吾：「這個小縣城眞沒個樣子，你們瞧瞧那城牆，瞧瞧這市況，瞧瞧那商家……」

音兒哼道：「原來這大俠是個吝嗇鬼。我就知道那些說書的靠不住，每次一說到大俠，就說他們仗義疏財、一擲千金，結果咧，連個饅頭都不請我吃，連杯茶都不給喝……」

這時，大街上走來兩個人，一人五十出頭，面若方塊，鬚如鋼絲；另一人三十左右，身形瘦削，目光精悍。

兩人不知怎地，走入茶棚就坐在崔吹風身邊，四隻眼睛瞅定他懷裡抱著的琴，並不時瞟著他的臉。

崔吹風被他倆弄得心頭發毛，強笑道：「兩位大叔，有何貴事？」

五十歲的壯漢道：「公子的琴，很寶貴？」

崔吹風道：「不過就是具很普通的琴。」

三十歲的瘦子懷疑的問：「公子眞的會彈琴？」

音兒道：「你說這話可眞好笑，他若不會彈琴，抱著琴幹什麼？裝樣子給別人看啊？但是裝給誰看呢？這裡又沒有美姑娘，又沒有俏大嬸，他喬張作致有何用意？有何代價？有何報酬？」

壯漢失笑：「小丫頭的話眞多。我的閨女若跟妳一樣，我在家裡也不會閒得無聊了。」

瘦子冷冷道：「既然會彈，何不彈給我們聽聽？」

音兒道：「要聽可以，聽完了可要讓我們塡飽肚子，因為我們身上都沒錢，有錢的那位爺呢，又是一文錢打上十個結兒的慳吝鬼，所以我們正餓得慌。」

崔吹風笑道：「我一首曲兒可換三個饅頭，倒也價値不菲。」把琴放在竹几上，褪去琴衣，開始演奏。

項宗羽可受不了了，大罵道：「好不容易才清靜了一下，你又討打？」

崔吹風不由發火：「我在替你賺吃的，你不感謝我也就算了，還威脅我做什？」邊說話，手仍不停的彈。

項宗羽正想出手打人，縣衙內突地竄起一股火苗。

那個打盹兒的衙役驚跳起身：「失火啦！大家快救火！」

路過的百姓只沒人理他。

這火起得突兀，燒得更快，一眨眼就從小火變成了大火，並由縣衙門口的大街一路延燒到城門。

「怎麼又這樣？」音兒嚷嚷。「快逃命吧！」

毛賊大俠

崔吹風等人狼狽的逃到一條小河邊上方才止步。

「咱們是招惹到什麼了？」崔吹風驚魂未定。「走到哪兒都失火。」

「這要問你呀！」剛才那兩人竟一路跟在後面。「把你的琴交出來！」

「原來是強盜？」程宗咬笑嘻嘻的橫身攔住他倆。

三十歲的瘦子道：「你這老頭兒休管閒事，回家抱孫子去。」

程宗咬一晃手中的爛木棍：「我的孫子就是這個，你要問他答不答應？」

瘦子冷然一笑，劍已在手，一劍揮來，想把爛木棍削斷。

程宗咬的木棍突然消失不見，再從想不到的角度擊向瘦子頭頂。

瘦子哼道：「有點門道！」

一劍反削，直指程宗咬右腕。

程宗咬哼道：「有些底子！」

兩人酣戰成一團。

五十歲的壯漢走向崔吹風：「把琴給我。」

項宗羽不是很情願的擋住他：「我並不想幫這個小子的忙，但我最看不起你們這種江湖毛賊，說不得，給我滾蛋！」

壯漢哈哈大笑，一拳搗了過來，光聽那威猛的拳風就令人膽寒。

項宗羽哼道：「好拳勁！」

他雖號稱「劍王之王」，拳法上的造詣也非等閒，起手就是一陣連環刺拳，拳拳相扣，半點空隙也無。

壯漢哼道：「好路數！」也回敬了一串刺拳。

音兒道：「打就打唄，囉唆什麼？比我還嘮叨。」

這四人分成兩組，打了半日，竟爾分不出高下。

那瘦子首先跳出戰團：「且慢動手。瞧你這老兒的身手，不是一般，你到底是誰？」

「老漢程宗咬。」

「原來是劍怪？」那瘦子改容相敬，躬身一揖。「在下江尚清。」

「江尚清？」程宗咬非常意外。「你是『峨嵋三劍』之首的『拂風擺柳』江尚清？」

「正是在下。」江尚清笑道。「你我都是『七大劍派』中人，今天可眞是大水沖翻了龍王廟，自家人不識自家人。」

五十歲的壯漢便也住了手：「老弟何人？」

項宗羽不想理他，壯漢只得自我介紹：「我叫『鐵拳』霍連奇。」

「你是形意門的掌門？」項宗羽皺眉。「你女兒霍鳴玉可比你正派多了。」

霍連奇、江尚清不免羞慚，搔得頭皮咯吱響。

程宗咬笑道：「兩位都是大俠，爲何要搶這後生的琴？」

音兒罵道：「話本上面寫的大俠都是輕生死、重然諾，爲朋友兩肋插刀，路見不平拔刀相助的英雄好漢，你們這兩個攔路搶劫的毛賊，要搶也不去搶有錢人，卻搶我們這些窮光蛋，再怎麼不濟，也該搶些衣物什麼的，卻要搶那把破琴？程老頭還叫你們什麼大俠呢，簡直比毛賊都不如！」

霍連奇唉道：「丫頭，妳就別罵了，我們既不謀財也不害命，只是想要尋找『祝融長琴』。」

原來他倆近年來迷上了各種神話傳說，之前花了三年時間尋找「后羿神弓」，後來卻被「箭神」文載道所得，他們便又轉而尋找「祝融長琴」。

程宗咬怔怔發問：「祝融長琴？是什麼東西啊？」

「傳說一彈此琴便會引發大火，端的是威力強大、厲害非常。剛才這位公子才彈沒兩下，就把縣衙燒光了，所以……」

項宗羽不由一驚：「昨晚他一彈琴就失火，今日又復如此，莫非真有此事？」

崔吹風失笑：「以前我天天晚上都在進財大酒樓彈琴，怎麼沒把酒樓燒掉？」

音兒笑道：「興許是邢大掌櫃的命太硬，火燒不起來。」

崔吹風眼見江、霍二人一臉認真的模樣，心裡覺得不可思議：「他們都是閱歷豐富的老江湖，怎麼會被一些荒誕不經的神話迷惑得團團轉？簡直是愈活愈回頭了。」索性大方的把琴遞給霍連奇。「當初我買這把琴，只花了二兩半，你們如果想要，就拿去唄。」

霍連奇、江尚清接過琴，上下左右的瞅了半天，實在看不出什麼名堂，又盡彈那琴弦，彈了半天也沒彈出半顆火花。

霍連奇頹然：「看樣子，我們又被鬼迷了心竅。」

江尚清道：「霍兄，我仍然堅持我的看法，既然傳說中是祝融長琴，我們就應該把目標鎖定在很長很長的琴，普通的琴就別去管它。」

「但……哪有很長很長的琴？」霍連奇目注崔吹風。「這位公子是行家，世上可有很長很長的琴？」

崔吹風搖頭：「琴的規格大約三尺六寸五分，當然每個時代的規格不太一樣，但也差不了太多……」

這時，大路上駛過一輛馬車，上面載滿了老舊的古琴。

音兒道：「喂喂喂，你們的生意上門了，一車子的琴，夠你們搶了。」

江尚清攔住那車問道：「大哥，你載這一車子的琴，要往何處去？」

那人道：「你沒聽說嗎？『天下第一富豪』須盡歡想購買全天下的舊琴，一具五十兩哩。大家都趕往須盡歡的大本營『昇州』去啦。」

賣琴惹禍

「昇州」對於許多人來說是個陌生的地名，但若提起它以前的名字——「金陵」，可就響叮噹了。

這座城市在三國時叫作「建業」，東晉與南北朝宋、齊、梁、陳時期叫作「建康」，「六朝古都」之名因此而得；到了五代十國的吳國、南唐時大加擴建，稱之爲「金陵城」。

如今它雖非商業重鎮，但天下第一富豪就住在這兒，當然成爲巨賈富商的聚居之地。須盡歡的宅邸位於城東，幾乎占去了全城的四分之一。

崔吹風與音兒來到宅院的南側邊門外，牆上掛著一幅長布條，上寫「收購天下老舊古琴」，兩旁還加了幾個大字「愈舊愈好，愈爛愈好」。

幾十名鑑定師坐在一列長桌之後，只要符合條件，馬上付現買下，決不囉唆。

崔吹風眼見手捧舊琴的賣家排了好幾里長：「這要等到什麼時候，明天再來吧。」

「明天來還不是一樣？而且今天就沒錢吃飯了，等得到明天嗎？」音兒想了想，拉開嗓門大叫：「天下第一樂師來賣琴了，你們還不快迎接？」

崔吹風失笑：「這有啥用？天下第一樂師只是酒樓扛出來騙人的頭銜，哪會有人相信這一套？」

人龍內果然響起不少「騙子」的罵聲。

有那好心的，見崔吹風手中的琴尚是新品，便勸道：「你沒看見那布幅『愈舊愈好』？你這琴賣不掉的，不夠舊、不夠老、不夠爛；而且，連最有名的名琴他們也不要，什麼號鐘、繞樑、綠綺、焦尾……統統都賣不掉。」

崔吹風道：「他們只買破舊爛琴，究竟是何道理？」

大家都說：「管他咧，青菜豆腐，各有所好嘛。」

崔吹風、音兒轉身想走，不料居然追來了一個鑑定師：「等等，讓我看看你的琴。」接過琴來亂瞟兩眼，就說：「這琴我收了，去領錢吧。」

崔吹風大喜過望，走到長桌前領了五十兩白銀，揣在兜裡好不沉重，對於此刻的他而言，比那五十串珍珠還要寶貴。

「走，咱們去大吃一頓。」

兩人走不出三十步，邊門內虎地衝出幾個惡僕：「抓住那丫頭，她是個騙子！」不由分說的抓住音兒就往院內拖。

崔吹風大驚：「怎麼了？你們怎麼可以亂抓人？琴是我的……」

「沒你的事，滾遠點！」

音兒苦笑：「崔公子，你先回客棧去，他們不敢把我怎麼樣的。」

崔吹風望著音兒被拽入邊門，兀自呆立當場。

水神的女兒

惡僕們擁著音兒進入庭院，立刻就換上了一副卑恭笑臉。「大小姐，您好久沒回來了。」

這個洗碗工竟是什麼大小姐？

音兒笑道：「你們的戲演得還不錯，今晚加菜。」

「多謝大小姐。」

「天下第一富豪」須盡歡已在暖閣內等待，見了音兒竟也執禮甚恭：「大小姐，辛苦了。」

連天下第一富豪都是她的下屬，這丫頭究竟是何來歷？

音兒嚷嚷：「這些日子可把我餓慘了，快燉一鍋又肥又大的蹄膀來給我吃個痛快！」不提全府上下忙著侍候音兒，單說須盡歡關起門來與音兒密議：「妳這次出外調查的結果如何？」

音兒道：「這次我第一站先到洛陽，就被我發現了一個最可疑的人。」

「就是那崔吹風？」

「沒錯。他的音樂棒極了，害得我在那酒樓裡當了九個多月的洗碗工，天天等他來演奏……」

「妳就這樣洗碗洗了九個多月？」須盡歡頗覺不可思議。「妳爲何不盡早接觸他，弄清他的底細？」

音兒嬌嗔：「這……大叔，你也知道我最愛音樂，一碰到好聽的音樂就會被迷住，把其他的事情都忘了。」

須盡歡曖昧笑道：「大小姐別是愛上他了吧？主公還等著抱外孫呢。」

音兒眼睛瞇呀瞇，以掩飾羞赧：「我就只是……就只是喜歡他的音樂。」

須盡歡還不想逼她進角落，順著話題道：「大家都說崔吹風的音樂跟尋常樂師大不相同，沒有小橋流水、行雲飄雨，全是火辣辣的金鐵交鳴之聲，節奏明快俐落，如同大地震盪、大火燃燒……」

「沒錯，就是因爲他的音樂風格太像火在燒。」音兒邊自回味。「根據《山海經》記載，中原的音樂是火神『祝融』的太子『長琴』發明的，所以本來就不應該是現在那種慢吞吞的音樂，崔吹風還因爲在祭天時不耐煩濫彈慢奏，而被判了大罪。」

原來「長琴」並不是指琴很長，而是一個人名。

須盡歡擊掌道：「好！如果崔吹風是祝融的後裔，火琴必在他手裡。」

「可是……」音兒露出困擾的表情。「我並沒有發現他的琴有什麼特別，他在酒樓演奏時，所有的樂器都是酒樓幫他準備的，他偶爾會帶自己的琴來，但那就是一具很普通的琴……」

須盡歡把剛剛買到的琴拿出來：「就是這一把？」

「沒錯，你有發現什麼特別的地方嗎？」

須盡歡與音兒又將這琴徹底研究了一遍，仍未瞧出任何異狀。

「前幾天，『鐵拳』霍連奇與『拂風擺柳』江尙清也看了老半天，都沒看出什麼道理。」

須盡歡目光一凝：「聽說大小姐這次結識了不少武林高手？」

音兒道：「我們才離開京城沒兩天，那兩個防送公人就想殺犯人，我本想出手，但項宗羽和程宗咬都搶在我前面，我就樂得袖手旁觀啦。」

當董霸、薛超想要棒殺崔吹風的時候，音兒攔在中間，已經做好了救援的準備，若非項宗羽掙開枷鎖，她的身分早就露了餡兒。

須盡歡笑道：「項宗羽、程宗咬，都跟妳做了一路？妳這回的收穫可不小。」

音兒「嗨」了一大聲：「別提了，那幾個都被稱爲大俠，卻沒一個像樣。殺人狂、吝嗇鬼、小毛賊，什麼大俠呢，沒得笑掉我大牙！」

「聽說七大劍派的人這幾天齊聚金陵，準有什麼武林大事。」

「中原武林不干咱們啥事兒，我們只管找那火琴。」音兒望著堆在暖閣裡的幾千具舊琴。「這些全都試過了嗎？」

須盡歡道：「四月間，『箭神』文載道找到了『后羿神弓』，竟是一把玩具似的破爛舊弓，所以『祝融火琴』應該也是一具老舊不堪、毫不起眼的爛琴，可我收購了這麼多，還未見成果，恐怕還得耗上一些時日，可主公那邊急著要……」

「相柳大叔，我爹在『安南』那邊的事態很緊急嗎？」

這個天下第一富豪須盡歡，竟是史上惡名昭彰的怪物「相柳」！他是水神「共工」的臣子，眞身是一條有著九顆人頭的大青蛇，所經之處，大地都會塌陷爲沼澤，水質又腥又苦，人畜都無法生存。

相柳道：「主公『共工』在安南輔佐李公蘊，這個月才剛剛推翻了『黎朝』，建立『李朝』，國號『大瞿越』，而西北的大理『段氏』、東北的廣南西路『儂氏』，都虎視眈眈，所以主公命我加緊尋找火琴，以對抗這兩個強鄰，而後再進攻中原！」

音兒低頭沉吟一會兒，自我解嘲的一笑：「我是水神共工的女兒，卻一直在尋找火神祝融的後裔，可眞是一大鬧劇！」

三國爭琴

忽然，窗外的陽光暗了下來，明明是正午時分，怎麼變成了夕陽斜暉？

相柳道：「大小姐留神，點子來了。」

兩人緩緩步出暖閣，一名黃衣漢子站在庭院當中，金髮、火眼、扁鼻與一張極爲誇張的血盆大口。

相柳笑道：「原來是『夕陽使者』駕到，現在才午時三刻，你不會出現得太早了一點嗎？」

夕陽使者哼道：「要命的時刻，不分早晚。」

相柳哈哈大笑：「怪不得你嘴巴生得特別大，真會說大話。」

音兒冷哼一聲，道：「你的八個哥哥怎麼沒來？難道還在西山下睡覺？」

她這話可陰損，因為旭陽、朝陽、明陽、豔陽、正陽、烈陽、輕陽、斜陽、夕陽等九名太陽使者在五月間被「箭神」文載道射落了八個，現在只餘他一人而已。

夕陽使者一聽她掀痛處，果然震怒如狂，一招「夕陽西沉」就朝音兒打了過來。

「太陽神掌」共有九招，九名太陽使者都僅專攻一招，其中就以這招「夕陽西沉」最為陰狠歹毒，發出的光芒雖不強烈，但只要被燄尾掃中，必死無疑。

音兒嗤笑：「這種功夫也好拿來獻醜？」雙掌一揚，噴出兩股水氣。

水澆淋上光燄，發出蒸氣，自將夕陽使者的掌力化解於無形。

相柳笑道：「大小姐，您的功夫又長進了許多。」

音兒得到水神共工的真傳，一身「水漫天」的真氣已屬拔尖。

夕陽使者剛才見她是個小丫頭，懷了輕敵之心，不料竟被她輕鬆化解，這下子可火了，聚足全身火力催噴過來。

相柳驚道：「大小姐，快讓開！」雙掌齊出，擋住了這一擊。

音兒只被燄尾稍稍拂過，臉上便辣辣生疼，暗忖：「這夕陽使者還真有一套。」

驟聞兩聲「阿彌陀佛」彷彿發自穹頂，緊接著就見一高一矮兩名老和尚出現在庭院中。他們的身上各掛著五個骷髏頭，以及六個由人骨做成的飾物，顯得既詭祕又恐怖。

相柳面色頓轉凝重，沉聲道：「大理國『崇聖寺』的二位上師也來了？敝小宅恐怕招待不起這許多大貴客。」

崇聖寺是大理國規模最大、地位最高的佛寺，被尊爲「佛都」，許多大理皇族在此出家爲僧，這兩個和尚既被稱爲「上師」，可見來頭必定驚人。

矮和尚皺眉：「你是天下第一富豪，些許酒肉也請不起？」

高和尚撇嘴：「我們的胃口又不大，一餐只需六斤牛肉，三罈燒刀子。」

夕陽使者哼道：「段思酒、段思肉，你們也想來跟我爭奪火琴？」

音兒悄聲問著：「那兩個和尚名叫思酒、思肉？倒眞新鮮。」

相柳道：「大理國的佛教屬於『阿闍黎』教派，可以食肉飲酒，女性信徒在結婚之前還要與開導自己的『上師』過一段夫妻生活，所以也沒有色戒。」又道：「大理國君段素英今年駕鶴西歸，由太子段素廉繼位，酒、肉是『思』字輩的，輩分極高，算是國君的曾叔祖。」

「既是大理段氏的皇族，爲何跑去當和尚？」

「段氏崇敬佛教，已有多位國君禪位爲僧。」

音兒便大聲道：「喂，那兩個酒肉和尚，屋裡還有一大鍋我沒吃完的蹄膀，要不要幫我吃完它？至於酒呢，我們多得很，你們若喜歡喝最便宜的燒刀子，我們當然不反對，省一文是一文嘛，這年頭賺錢不容易啊。」

段思酒、段思肉見她這副沒大沒小的樣子，心裡有氣：「小丫頭，妳不崇佛奉道也就罷了，怎麼連敬老尊賢也不懂？」

音兒哇啦哇啦的說：「老當然該敬，但我又不曉得你們有多老？你們光著一顆頭，可又不是禿掉的，所以我猜不出來你們有多老，你們又要喝酒又要吃肉，想必不會很老；至於尊賢嘛，什麼叫賢？去查查《說文解字》，賢是什麼意思？你們明明是來搶東西的，還敢稱什麼賢？我看哪，一盆餵豬的鹹菜罷咧！再看看你們身上還掛著那麼多骷髏頭，怪嚇人的，根本就是妖魔鬼怪的同伙。」

一串話弄得段思酒、段思肉耳裡叮叮咚咚盡是回音，好不煩躁，怒喝道：「小丫頭，妳閉嘴！」

相柳厲聲：「這位是我家大小姐，你們給我放尊重點。」

高和尚段思酒陰森森的說：「你那主子在大瞿越爲虎作倀，滅了一向與我們大理和睦相處的黎朝，我們遲早要攻入交阯，把你們那什麼李朝剿得片甲不留。」

矮和尚段思肉笑道：「你們如若識相知機，就快把祝融火琴交出來，否則第一個被剿滅的就是這座豪奢無比的『須家莊』。」

夕陽使者在另一邊冷哼道：「你們別在那兒胡吹大氣，有我在，火琴豈有你們的分兒？」

段思肉哼道：「我說是誰，原來是廣南西路的土豪儂全福找來的打手。誰不知儂氏早就覬覦我大理，奪得了火琴就來對付咱們，今日豈會讓你得手？」

音兒尋思道：「南方的情況眞複雜，大瞿越、大理跟什麼儂氏，上演三國戲碼呢。」

又聽段思酒呸道：「就算你們九兄弟來齊了，我們也不放在眼裡，更別說你區區一個夕陽使者，能奈我何？」

夕陽使者何曾被人如此蔑視，聚起全身眞力就待出手。

音兒一轉身，把崔吹風的那具琴拿了出來，放在院中的石桌上：「快快快，你們快打一架！琴就在這裡，誰有本事誰拿去。」

段思酒、段思肉互看一眼，身形同時晃動，但並沒攻向夕陽使者，而是衝向石桌上的琴。

相柳笑道：「二位上師同時光臨，在下怎能不好好招待？」雙掌一錯，兩股漩渦般的掌力捲向對方。

相柳雖是共工最寵信的大將，但共工並未把「水漫天」的功夫傳給他，相柳本身是條大蛇，自行練就了一種極黏極纏的「千旋萬轉掌」，若被他捲住，決難脫身。

音兒叫道：「那個愛吃肉的讓給我。」抖擻精神加入戰團，催動「水漫天」功力，使得滿院都是水氣。時值嚴冬，水氣一下子就結成了霜，更加冷徹骨髓。

段思酒、段思肉一甩手，掛在身上的五顆骷髏頭連環擊出，原來這些頭骨都有鐵線串連，並經過特殊藥水浸泡，成了傷人利器。

阿闍黎教派崇奉「大黑天」，即是憤怒觀音的化身，五顆骷髏象徵「五智」，威力驚人。音兒、相柳不敢輕敵，凝神應戰，偌大的庭院裡充滿了激盪的氣流。

夕陽使者見他們打得興起，便起了點不良之心，悄悄挨近石桌，伸手抓住那琴，卻只覺一盆冰冷水氣當頭澆下，原來音兒早就在注意他了：「這幾天怎麼老是碰到小毛賊啊？」

夕陽使者琴既已得手，哪肯放開？回身就是一招「夕陽西沉」，逼得音兒不得不後退，人就想往牆外竄去。

段思肉怒道：「我最痛恨偷雞摸狗的人！」五顆骷髏頭連串打去，段思肉也撲向他後背；相柳則守在圍牆邊上，飛鳥也休想飛得出去。

夕陽使者暗犯嘀咕：「眞是偷雞不著蝕把米，弄得四個人一起打我。」當下覺得這琴眞是個燙手山芋，便把琴往段思肉丟去。

段思肉接住了琴，大喜過望。

其他四人出於直覺反應，又一起攻了過來。

段思肉大叫：「酒兒，怎麼連你也打我？」

段思酒這才發覺不對，連忙住手。

段思肉已不願抱著這個麻煩的東西，隨手一丟，恰正丟還給了音兒。

音兒笑道：「怎麼，你們都不想要啦？」

段思酒、段思肉與夕陽使者一轉念，畢竟不捨，又攻了過來。

不料，音兒竟把琴一舉，迎向他們猛烈的攻勢。

只聞一陣「錚錚」亂響，那琴早被打得稀巴爛！

音兒將手裡剩下的破琴一扔：「誰想要，誰就拿走唄。」回身走入暖閣。

那三人楞呆在當場，久久不得言語。

水火不容

音兒坐在桌前，把那蹄膀吃得差不多了，相柳才進來。

「他們終於走了？」

「走啦，要不還能幹嘛？」相柳有點意見。「大小姐，其實我們要打敗他們並不難，何必毀了那琴？」

音兒笑道：「這些琴長得都一個樣子，我隨便拿了一具，反正他們也認不出來。」從桌底取出崔吹風原來的琴。「這琴雖然好像沒什麼用，但還是交給大叔保管好。」打了個飽嗝兒，一抹嘴巴，站起就走。

相柳忙道：「大小姐還會去見那崔吹風嗎？」

「當然……」音兒的臉沒來由的一紅，申辯似的說：「我想來想去，崔吹風什麼樂器都會，所以不一定是祝融的後裔……欸，但也不無可能，所以我要去盯緊他。」

相柳有點顧忌的道：「當年火神祝融打敗了水神共工，咳，主公視這一戰爲奇恥大辱，氣得撞倒了西方的支柱『不周山』，大地爲之傾斜、天河之水注入世間……」

「大叔，你到底想說什麼？」

「主公在十多萬年之後才有了妳，妳是水神唯一的傳人，所以一定要記住兩家世仇，水火本就不相容，如果最後發現崔吹風是火神的後代，兒女私情可要放在一邊。」

一句話說中音兒心底的糾結，她勉強點了點頭：「這我知道……我走啦。」

劍怪的遭遇

崔吹風焦急的坐在客棧外，從中午等到傍晚。

他不知那洗碗的丫頭又捅出了什麼紕漏，一邊替她擔心，一邊又像失落了最珍貴的寶物，胸中亂得發麻。

音兒遠遠走來，看見他那模樣，心頭頓時浮起一陣暖意。她提著食籃快步走到他身邊：「喂！」

崔吹風見她平安無恙，喜形於色：「他們沒把妳怎麼樣吧？」

「他們認錯了人，以爲我是騙子，後來我提了很多很多的證據，證明我不是那個人，他們就一疊聲的跟我道歉，道歉了好久好久，我就說：『沒關係啦，給我燉一隻特肥特肥的大蹄膀，我就不跟你們計較。』」

「啊？妳喜歡吃蹄膀？不怕變胖嗎？」

音兒靠得很近的坐在崔吹風身邊，拿出提籃裡的食物：「我吃了個痛快，還叫他們準備了幾樣大菜，帶回來給你吃。呃，你吃過晚飯了嗎？」

「沒咧，一直在等妳。」

音兒心頭狂跳，又羞又喜，聲音也變小了：「你爲什麼要等我？」

崔吹風見她一張小臉漲得通紅，可愛極了，心裡發一陣慌，結巴著：「唉，沒了妳的嘮叨，總覺得少了些什麼……」

「你喜歡聽我嘮叨？」聲音更小。

「欸，喜歡……欸，不是很喜歡……欸，是有一點點喜歡……」更結巴。

兩人互相凝視著，愈靠愈近……

偏偏就在這時候，「劍怪」程宗咬從客棧裡走了出來：「嘩，哪裡來的大菜？讓我吃兩口。」

音兒怒道：「那天我沒吃你的窩窩頭，今天你也別想吃我的大菜。」

程宗咬涎著臉道：「小丫頭，我小氣成性，妳別跟我學，習慣要學好的，別學壞的。」

崔吹風道：「程大叔，想吃就吃唄。」

程宗咬擠在崔吹風身旁，咂咂咂的吃得過癮，邊道：「我在外遊蕩了幾年，把很多重要的事情都忘了……」

音兒哼道：「你還會有什麼重要的事情？胡掰兩個窩窩頭就混過了一天，日子過得窩窩囊囊，江湖混得顛顛倒倒，人生過得迷迷糊糊……」

「妳說得一點都沒錯。」程宗咬很高興。「這才是做人的最高境界！」繼而又一垮臉。「可我竟忘了明天就是『十年磨劍大會』，師父一定很不高興。」

音兒怪問：「磨劍大會？你也會磨劍？」

崔吹風道：「是賈島的那首詩吧？十年磨一劍，霜刃未曾試……」

程宗咬唉道：「那是七大劍派十年一次的比劍大會，今年正好在金陵舉辦，幸虧我們誤打誤撞的都來了，要不然可要被大家罵到臭頭。」

崔吹風道：「那個項……呃，項大俠，也是七大劍派中人？」

「對啊，他十年前剛出道，就碰上了磨劍大會，在那次大會上六戰六勝，成了『劍王之王』。」

「那你呢？」音兒問。「是上上屆的『劍王之王』？」

程宗咬大笑：「我哪有那個資格？」

「咦，你不是武林三大劍客之一嗎？」

「我啊，我本名叫作程財興，我爹是雜貨店老闆。我從小書也念不好、田也不會耕、帳也不會算、幹什麼都不行，全村人都叫我『垃圾程』。四十四歲那年，我發了個狠，跑去『青城山』拜師習劍，掌門人『傀儡生』把我轟出去十七次，我仍爬了回去，最後鬧得他沒法，只得派我去伙房當個火工道人……」

音兒有點不可思議：「你四十四歲才開始學劍？你今年幾歲？」

「正好六十。」

「學劍學了十六年，有這成就也不差了。」

程宗咬乾咳了幾聲道：「沒咧。」

音兒摸不著頭腦：「沒咧是什麼意思？」

程宗咬不想再說，正好「拂風擺柳」江尙清與「鐵拳」霍連奇從客棧內走了出來，聽見了這番話語，江尙清便添補著說：「程大俠在青城山當了十三年的伙伕，根本沒人教他什麼劍法，有一天，崆峒派的『四大金剛』上山挑釁，青城派那時正值青黃不接，門下弟子無人能敵，掌門人傀儡生正要親自出馬，卻見程大俠灰頭土臉的提著一根廚房裡的柴火棒跑了過來，二話不說，只用了十招，就讓四大金剛統統趴下了……」

霍連奇撫掌大笑：「這個糟老頭兒竟然在廚房裡無師自通的盡得劍術精髓？」

「後來，傀儡生想把青城派的鎭派之寶『干將』寶劍交給他，他居然不要，總是提著根爛木棍到處亂跑。追究起來，除了獨戰崆峒四大金剛之外，他也沒什麼值得誇耀的戰績，但他的名聲仍不脛而走，竟與其他兩個百戰百勝的劍客齊名。」江尙清說得不無醋意。

音兒笑道：「你是說他瞎矇的？」

程宗咬唉了一聲：「我這一輩子不都是瞎矇胡混？」

江尙清道：「程兄，我直到今天還搞不清楚你是如何辦到的？」

程宗咬頓了半天，不時瞟著江尙清，然後才勉強說著：「四年前的某一天，我下山採辦物品，在『灌縣』遇見了中原五兇的大隊人馬……」

霍連奇哼道：「又是中原五兇！」

江尙清面色凝重：「你沒吃著苦頭吧？」

程宗咬苦笑著說：「那老五出林狼真不像話，居然想搶我買鍋碗瓢盆的錢……」

音兒搶道：「那你一定把他們殺得很慘囉？」

「沒咧。」

「怎麼又沒咧？」

程宗咬一苦臉：「因爲那時我還不懂什麼劍術、武功，比青城山上的三歲娃兒還不如。」

眾人都一怔：「你直到四年前都還不懂劍術？」

程宗咬續道：「出林狼的手下搶了我的錢還不夠，還想殺我，老四翻山豹倒挺不錯的，出言制止他們，他們便把我一推，我一頭撞在地下，暈了過去……總之，撿回了一條命。怪的是，自從那一摔之後，我就像開了竅，只要站在旁邊看著師父帶領師兄弟練劍、練功，我就心領神會，不到一年的功夫，就把青城劍法統統學全了，而且內力突飛猛進，居然成了青城第一高手。」

音兒笑道：「哇，摔一跤這麼好，我也要多摔幾跤。」

程宗咬又望著江尙清：「明天你也會去參加大會吧？」

所謂七大劍派乃是雁蕩、青城、王屋、峨嵋、華山、羅浮與終南，江尙清爲「峨嵋三劍」之首，自然該當與會。

江尚清苦笑道：「這幾年我一心尋找神弓、長琴，早就忘了這回事……」

正說間，項宗羽從外面回來了，板著一張臉，誰都不想理的樣子，大家便都不願自討沒趣。

江尚清一拉霍連奇：「走，吃飯去。」

程宗咬兀自望著江尚清的背影，乾咳不已。

音兒見項宗羽進去了，悄聲道：「他是上一屆的『劍王之王』，這一屆會去衛冕嗎？」

程宗咬也小聲說：「我已經問過他了，他一點興趣都沒有，根本不想參加。」

崔吹風道：「恐怕是因爲他有罪在身，不願意拖累大家。」

音兒道：「這大會挺有意思的，明天你可要帶我們去見識見識。」

程宗咬涎笑道：「那我可以放心吃妳的大菜了？」

「儘管吃。」

程宗咬高興的唔呶著：「武林三大劍客還有一個王屋派的『劍神』呂宗布，他現在已經成了『高麗國』的駙馬，不知會不會來？」

琴不離身

翌日一早，程宗咬帶著崔吹風與音兒走向城外的「鍾山」。

恰好經過一間樂器行，崔吹風便止了步，滿心溫暖的撫摸著店裡的各種樂器。

音兒試探著問：「你會想念原先的那把琴嗎？」

「我想念所有的琴，彈過的、沒彈過的。」崔吹風挑了一具三兩銀子的琴抱在懷裡，活似抱了一個嬰兒。

音兒心想：「再問也問不出個道理，他實在不像跟祝融有什麼關係。」身體朝崔吹風依偎得更近了。

十年磨劍大會

鍾山的山勢拔地而起，狀似盤屈的巨龍，山坡有紫色的頁岩裸露在外，在陽光的照耀下散發出紫金色的光芒，故而又名「紫金山」。

山頂有片空地，四周巨岩拱衛，松柏環繞，甚是清幽雅靜。

程宗咬等人走上這片空地，大部分的與會者都已到來，高高矮矮約有六十餘人。

程宗咬快步走到一名身穿黑衣、目光精悍的道長面前，行了個大禮：「師父，好久不見……」

此人便是青城派的掌門人傀儡生。

音兒暗道：「這對師徒倒絕，師父才五十左右，徒弟卻已經六十歲了。」

傀儡生頗為無奈的瞪了程宗咬一眼：「我還以為你到處亂跑，忘記了呢。」

程宗咬乾笑道：「確實是忘記了，反正我又不想跟人比劍。」

傀儡生道：「好啦好啦，站到一邊去。」顯然對這個比自己老得多的徒弟，一點辦法都沒有。

程宗咬抹著滿頭汗珠，躲回崔吹風、音兒身邊：「還好沒被師父罵。」

崔吹風問道：「項大俠的師父是哪一位？」

程宗咬一指站在山頂西側的白衣道士，正一派悠閒的遠眺著金陵城內街景，長髯飄動，意態自如。「那就是雁蕩派的掌門『逍遙子』。」

音兒道：「他果然挺逍遙的。」

忽聞山頭北邊起了一陣吵鬧之聲，是「拂風擺柳」江尙清與一個熊般粗壯的大漢不知在爭執什麼，江尙清瘦削的身軀站在那大漢面前煞是可笑。

音兒怪問；「劍客的體型都比較靈活，哪有他這麼大塊頭的？」

程宗咬道：「那人是華山派的掌門『破天劍』班魯，他的闊背大劍就跟斧頭差不多。」

程宗咬蹭過去一聽，原來是江尙清把「鐵拳」霍連奇帶上山來參觀大會，使得華山派大為不滿。

江尙清振振有辭：「從來就沒有外人不得觀戰的規矩，班掌門何必如此大驚小怪？」

「你這後生小輩，懂什麼規矩？」班魯喝道：「叫你師父來跟我說話！」

峨嵋掌門「金頂仙」是個大胖子，早就躺在一塊大石上睡著了。

江尙清、班魯還想再爭，一個蒼老的聲音道：「來者都是貴賓，不得拒斥。」

發話者是王屋派的掌門人賀蘭棲眞，他今年已經一百一十二歲，理所當然的成爲大會的主持人。

音兒笑道：「老爺爺才眞有大家風範，不像那些小鼻子、小眼睛的傢伙，躲躲藏藏、忸忸怩怩、畏首畏尾、怕東怕西。」

班魯被她罵得又想翻臉，崔吹風忙把音兒拖到一邊：「妳別惹麻煩了。」

各派人馬這才注意到崔吹風與音兒，俱皆心忖：「這兩個後生跑來幹嘛？」

賀蘭棲眞眼見該當與會者都已到齊，便站到中央，一開口便有驚人之語：「老朽應該活不過今年了……」

在場眾人全都楞了一下，而後大聲道：「賀蘭掌門，快別這麼說，你還有許多年的陽壽呢。」

有幾個比較熟識之人早已發現他臉上的神采不若以往那般精燦，紅潤的臉色也黯淡了下來。

賀蘭棲眞豁達的笑道：「你們不必安慰我，我今天說這話的目的是，我覺得『十年磨劍大會』確實有互相切磋劍技的功用，然而每一屆都要產生一個『劍王之王』，則似乎沒有必要。」

大家都皺起了眉頭。

羅浮派的掌門人「陰陽子」一臉陰陽怪氣，尖著嗓門道：「比劍大會的冠軍贏得『劍王之王』的頭銜是從第一屆大會就定下的，這是先聖先賢立下的規矩，吾等後輩怎能不遵？」

賀蘭棲眞感慨的說：「第一屆大會是在我四十二歲那年成立的，那時還是五代十國的後晉時期，今年是第八屆……」

音兒高叫：「老爺爺一定可以活到第十屆！不，第十一屆……」

崔吹風忙扯了她一把，要她別多嘴。

賀蘭棲眞苦笑了一下：「我要說的是，我經歷過所有的大會，只看清了一件事——每一屆的「劍王之王」都沒有好下場！」

逍遙子想起自己最得意的門生項宗羽，如今竟落得重罪纏身，不禁黯然。

終南派的掌門人「臥雲客」大聲道：「這可不是理由，贏得了『劍王之王』，就自以爲天下無敵，結果卻慘遭橫死，這是個人修養的問題。」

青城掌門傀儡生道：「不然。贏得頭銜的人往往會受到許多無聊劍客的挑戰，而被弄得疲於奔命，甚至遭到暗算，以至於死於非命！就我所知，第一屆的史鐸、第三屆的江琥、第四屆的展一柏、第五屆的錢夢溪都是被小人暗算；第二屆的辛純一與第六屆的晏中書雖死於正式的挑戰，但未始不是因爲太過勞累的緣故。」他刻意不提第七屆的項宗羽，免得橫生枝節。

程宗咬鼓掌道：「我贊成師父的說法，這頭銜就是個惹禍的根由。」

臥雲客怒道：「你們青城派從來就沒有人得過『劍王之王』，當然不懂得珍惜這榮銜。」

程宗咬笑道：「你們終南派也沒得過啊。」

臥雲客把頭一揚：「這一屆我們志在必得！」

峨嵋掌門金頂仙這會兒可睡醒了，伸著懶腰道：「大家都曉得終南派最近幾年出了個後起之秀，很想在這次大會上出出鋒頭。」

大家便都把眼光投向站在臥雲客背後的年輕劍客，此人名喚「必殺劍」宋終，腦後見腮，滿臉煞氣。

程宗咬打了個呵欠：「想出鋒頭，就讓他出唄，反正我是不跟人比劍的。」

傀儡生哼道：「你這老頭子，大概也沒人想挑戰你吧？」

程宗咬乾笑道：「師父，我只怕你找我比呢。」

眾人見這對幼師老徒鬥嘴，都笑在肚子裡。

宋終大剌剌的走到場中央，向四方一禮：「請教各派高招。」

金頂仙望著江尙清道：「好徒兒，你比不比？」

江尙清搖頭道：「這幾年我忙得很，沒空修習劍術，就跟人比也比不過。」

華山派的「破天劍」班魯心中雖想派人出陣，卻又不敢，因爲華山派下最精英的「華山七劍」於九月間攻打「百惡谷」，折損殆盡，只剩得「山羊」鈕建行與「山狐狸」衛沖兩人，都扛不起大樑。

羅浮派近年來人才凋零，前來與會只是充數；雁蕩派的項宗羽直到現在還未現身，便只剩下王屋一派。

宋終的眼光也一直盯向王屋派這邊，賀蘭棲眞還未及反應，已聽他背後一個聲音道：「這麼說，終南派就是衝著我來的？」

緊接著閃出一人，年約二十二、三，劍眉星目，鼻樑挺拔，英俊得很，若說有缺點，便是不經意間流瀉出來的傲氣。

「劍神」呂宗布！

在武林三大劍客之中，呂宗布年紀最輕，成名卻早，他六歲拜入王屋派習劍，得到賀蘭棲眞的賞識，將鎭派之寶「太阿劍」交給了他。十八歲出道至今，挑翻過華山派，橫掃過伏牛寨，席捲過飛龍堡，未曾有敗績。今年五月間，與「箭神」文載道、莫奈何等人大戰太陽使者，解救了高麗國被十個太陽烤焦的噩運，並成爲高麗國的駙馬。

宋終冷笑道：「在下此次前來，主要的目標便是什麼武林三大劍客，在我眼裡，不過是浪得虛名之輩。」

他這話一出，各派中人就知今日必有一場惡戰，便都提起精神，靜觀場中變化。

音兒對崔吹風道：「他們要打架了，你要不要給他們伴奏一下？」

崔吹風低聲：「妳別添亂。」

場邊有座劍架，呂宗布隨手拿起一柄木劍：「就請宋少俠賜教。」

宋終「嗆」地拔出佩劍：「用什麼木劍？咱們手底下見眞章！」

呂宗布淡淡一笑：「我用這劍就可以了。」

終南派的弟子齊地變色。「如此托大？宋終，給他好看！」

宋終暗怒於心，出手就是殺著，一劍刺向呂宗布咽喉。

呂宗布只一偏身，就讓過了劍鋒，手中木劍微微一抖，宋終趕緊往後跳開，呂宗布卻未出手。

金頂仙打了個呵欠，喃喃道：「只是抖了一下，怕什麼？」

宋終老大沒面子，又振劍攻上。他號稱「必殺劍」，自然有非凡的造詣，這一次含忿出手，七劍連環，志在必殺。

呂宗布凝神定目，木劍往前一遞，貼住了宋終的劍脊，竟似磁鐵黏在了生鐵之上，再也分拆不開。

王屋派劍法以黏、纏、轉、旋爲主，施展開來就宛若一個大漩渦、一張大蜘蛛網，將對手漸漸纏緊、慢慢綑殺。

宋終的劍雖鋒利，但根本削不著呂宗布的木劍，反被呂宗布帶著走，呂宗布後退，他便後退，呂宗布打橫，他便也打橫，活像一具受人控制的懸絲傀儡。

青城掌門傀儡生笑道：「怎麼有人想來搶我名頭？」

宋終怒極，拚盡全力往後抽劍，想要脫出呂宗布的引力，不料他往後一抽，呂宗布木劍上的引力竟突然沒了，宋終往後便倒，摔了個四仰八叉。

各派弟子放聲大笑，宋終羞憤難當的躲入終南派的陣營之中。

程宗咬笑道：「呂老弟，你如今已是駙馬爺，不在高麗享福，跑來做什？」

呂宗布環顧全場，傲氣自露：「在下並不想爭奪『劍王之王』的榮銜，只想與項大俠一戰！」

他倆於四月間曾經在洛陽會過一次面，當時呂宗布就提出了挑戰的要求，但項宗羽大仇未報，不想做無謂的爭鬥，託詞離去，呂宗布一直認爲他藐視自己，耿耿於懷。

雁蕩派掌門逍遙子淡淡道：「我那徒兒今日未來，呂少俠的希望可要落空了。」

華山掌門班魯唯恐天下不亂的大聲道：「我們都看見項宗羽已經來到了金陵城內，他不敢上山參加大會，莫非是想當縮頭烏龜？」

「烏龜也罷，英雄也好，有何差別？」逍遙子毫不動怒。

終南掌門臥雲客因宋終輸得難看，想藉項宗羽之手修理呂宗布，便也高聲道：「我知道項大俠住在哪間客棧，要不要我派弟子去請？」

逍遙子見眾人如此起鬨，心知無法推卻，只得朝一名年長的弟子道：「去把你項師弟找來吧。」

火神祝融

趁著這空檔，各派人馬都坐在山頭略事休息。

「鐵拳」霍連奇三步一踅的靠近賀蘭棲眞：「今日我不請自來，剛才還惹出了一些麻煩，希望老神仙別見怪。」

賀蘭棲眞笑道：「霍老弟，我們是老朋友了，何必還來這套？今年四月間我在洛陽與令嫒見了一面，眞是女中英傑。」

「我那閨女，嘿嘿……」霍連奇頗爲得意，繼而又一垮臉。「我已經三年多沒見到她了。」

賀蘭棲眞皺眉道：「那時聽說你在尋找后羿神弓，結果被別人拿走了，你還不回家是想做什？」

霍連奇猛搔頭皮：「這就是我今天上山的原因，並不是想看什麼磨劍大會，而是想跟您請教一下有關『祝融長琴』之謎。」

音兒一聽他們討論這問題，便豎起了耳朵；各派中人也有許多圍攏過來。

賀蘭棲眞道：「我一到金陵就聽說天下第一富豪須盡歡正在大肆收購舊琴、爛琴，我就知道這個古老的傳說又開始發酵了。」

霍連奇忙道：「老神仙定然深知底蘊，我等洗耳恭聽。」

「這得先從天下第一奇書《山海經》開始說起。」賀蘭棲眞清了清喉嚨。「《山海經》的作者並非一人，許多內容來自於遠古先民的口頭傳說，成書的年代也無法考證，大約是在戰國初年至漢朝初年。它記載了許多遠古時代的神話與各種怪獸、怪鳥、怪植物，又包括了巫術、宗教、歷史、地理、礦物、醫藥、各地風俗、各國風情與各民族的起源等等。其中最完備的就是對於崑崙眾神的描述……」

羅浮派掌門陰陽子哼道：「什麼崑崙眾神，根本胡說八道！」

呂宗布今年經歷過許多神怪之事，冷笑著說：「不信者恆不信，只是將來別後悔。」

賀蘭棲眞自顧自的往下說：「《山海經》的〈海外南經〉中記載，祝融獸身人面，騎著兩條龍，乃崑崙眾神之一，主管南方；〈大荒西經〉中則說祝融是黃帝的後代，顓頊生老童，老童生祝融，祝融生太子『長琴』，長琴則創造了音樂。後人由此衍生出許多想像，說長琴留下了一把琴，一彈就會發大火，這就是火琴傳說的由來。」

崔吹風聽得心頭猛然一震：「音樂竟是由火神的兒子發明的？這可奇了，火神的音樂該當火辣辣、熱騰騰，爲何現今的音樂都是死板板、沉悶悶？」

賀蘭棲眞續道：「但是〈海內經〉中卻說，祝融爲炎帝的後代，住在江邊，生出了水神『共工』……」

陰陽子又插嘴：「火神生水神？可見胡說八道的程度還不只一般。」

賀蘭棲眞不理他，又道：「在這篇記載裡，共工變成了祝融的兒子、長琴的兄弟，而且是炎帝的後代子孫鼓、延二人，創造了鐘與樂曲……」

霍連奇皺眉：「黃帝、炎帝是兩個不同的帝系，後來還大戰了一場，炎帝敗退，祝融怎麼會跟兩個陣營都有血緣關係呢？」

賀蘭棲眞笑道：「我剛剛說過，《山海經》的作者並非一人，傳說的來源也不同，所以常會自相矛盾。更有可能的是，這兩個祝融是完全不同的人，因爲祝融後來被當成了官名，也就是管理天下用火技術的『火正』。須知先民們用火必須極爲小心謹愼，城鎭皆爲木造房屋，毗鄰相連，一家失火，千家遭殃，所以必得嚴加管束。」

霍連奇道：「如此說來，祝融是防火之官，而非引發火災的罪魁禍首。」

「沒錯。最古老的《山海經》並未將祝融記載爲火神，後來則都是因爲防火之官被訛成了放火之犯。」賀蘭棲眞一笑。「近代人總愛形容火災是祝融肆虐，不如說是祝融瀆職、祝融偷懶。」

崔吹風聽得入神，愈站愈近，發問道：「依老爺爺所說，《山海經》裡的祝融有三個，一個是崑崙山上的大神、一個是黃帝的後代、一個是炎帝的後代。發明音樂的『長琴太子』如果是黃帝的後代，便只是一個凡人，怎會持有能夠引發大火的火琴？」

賀蘭棲眞道：「如果火琴的傳說是眞的，長琴太子就應該是崑崙眾神中的那個祝融的後裔。」

霍連奇用力點頭：「當然當然！火琴如此神奇，凡人哪裡造得出來，必是大神的後代所造。」

崔吹風雖聽得津津有味，心中卻不盡信：「這些神奇古怪，不可能是眞的吧？」

陰陽子又道：「什麼見了鬼的長琴、火琴？世上如果眞有這種琴，我們還需要練劍嗎？國家還需要養兵嗎？火琴一彈，什麼事情都解決了，眞正胡說八道至極！」

音兒大聲道：「當年諸葛亮唱空城計，一個人坐在城樓上彈琴，司馬懿率領大軍殺來，不但不敢進城，反而自行敗退，你可知道爲什麼？就是因爲諸葛亮彈的是火琴，那火琴一彈，天火燒將下來，把司馬懿的鬍子都燒焦了，連忙大叫：退兵！退兵！」

眾人聽得哈哈大笑，霍連奇鼓掌道：「小丫頭眞有見地，厲害得很哪！」

賀蘭棲眞笑道：「從前聽到諸葛亮唱空城計的故事，總覺得有點匪夷所思，今日經過姑娘這麼一開示，倒也不是全無可能。」

峨嵋掌門金頂仙咧開胖嘴笑道：「司馬懿一面逃，一面還喃喃不休：世上怎會有如此怪事？簡直胡說八道！胡說八道！」

眾人愈發大笑不已，弄得陰陽子的臉上一陣青一陣白，好不氣憤尷尬。

等到笑聲稍歇，青城掌門傀儡生才問道：「賀蘭掌門剛剛提及水神共工是炎帝世系，究竟確也不確？」

「這也應該是同名之累，水神怎會是凡人之後？但共工的資歷較淺，並非崑崙眾神之一，傳說他性情兇暴，野心勃勃，人面、蛇身、朱髮……」

陰陽子又冷笑著說：「好醜的妖怪！」

音兒聽他居然罵起自己的父親，當然氣壞了，大聲道：「說到醜，可沒有絕對的標準，有些地方的人就認爲紅頭髮、綠眼睛的人最漂亮；有些地方的人認爲脖子愈長愈漂亮；有些地方呢，就喜歡眼睛細細長長的……」

霍連奇鼓掌道：「小丫頭說得眞好！我就認爲妳那瞇瞇眼漂亮得很。」

眾人大笑。

音兒嬌嗔的瞪了他一眼，續道：「我的重點是，甜酸苦辣各有所好，以一個人的外表去判斷美醜，是最膚淺的人才會做的事。」

金頂仙笑道：「沒錯，很多美女就喜歡我這種胖子。」

傀儡生道：「依姑娘之見，美醜該如何判別呢？」

音兒道：「當然是要看一個人的心醜不醜，心如果醜了，再美也沒用。你們一定又要問啦，心醜不醜，怎麼看得出來呢？我的看法很簡單，就是要看他的嘴醜不醜，一個嘴醜的人，心一定醜，就像有些人啊，別人說的話都是胡說八道，卻不知自己說的話比放屁還臭。」

她這番話擺明了就在罵陰陽子，陰陽子被她搶白得一楞一楞，一句話也答不出來。

羅浮派的弟子齊聲怒叱：「臭丫頭，滿嘴胡說八道……」

他們一罵到這裡，又一起住嘴，更顯得他們羅浮派全都是說話比放屁還臭的人。

陰陽子受不了這等羞辱，暴然衝前幾步，就想出手教訓那說話刻薄的小丫頭。

不料他才一動，峨嵋、雁蕩、青城的弟子全都圍了上來。「掌門人難道想欺負一個小女孩？」

陰陽子訕笑著還沒來得及說話，音兒已暗發「水漫天」的眞力，一股大水不知從哪兒潑了下來，沒潑著其他人，只潑得陰陽子與羅浮派的弟子們滿身溼透。

陰陽子怪叫：「怎麼忽然下大雨了？」

餘人也覺得奇怪，紛紛仰頭看天。「根本沒雲，哪來的雨？」

音兒暗笑打跌。

誰才是真兇？

不提眾人在山頂上喧嚷紛亂，「拂風擺柳」江尙清卻躲到了一塊巨岩之後，望著山下發呆。

忽聽一個聲音在他背後說：「你知道我是誰了嗎？」

發話者是「劍怪」程宗咬。

江尙清苦笑道：「我眞不知道你是誰，但你顯然已經知道我是誰了。」

程宗咬悠悠哉哉的坐在他身邊：「幾天前，咱們初次見面，我就大感意外！因爲四年前我被中原五兇的小嘍囉們威脅的時候，就看見你也在大隊人馬裡頭，一副首領的模樣。現在四兇已死，只剩一個『裂地熊』，那就應該是你了。」

江尙清嘆了口氣：「年輕時物質慾望太重，受不了峨嵋山上的簡衣陋居、粗茶淡飯，所以才加入了他們。後來我想跟他們拆夥，但人在江湖，想要脫身，豈是那麼容易？三年前我藉口尋找后羿神弓，總算離開了他們，不料還是被你認出來了。」

程宗咬笑道：「江湖上的傳聞都說裂地熊體格粗壯，當然沒人會想到是你。」

又一個聲音冷森森的在背後響起：「現在既然已經露餡了，就別想跑！」

來者正是「劍王之王」項宗羽。

江尙清又嘆了口氣，端坐不動，一副坐以待斃的模樣。

項宗羽拔出湛盧寶劍，就想朝他後頸斬落。

程宗咬起身攔住：「項家莊被屠是兩年多前的事，那時江尙清正在『夏侯寨』的地下挖洞，尋找后羿神弓，所以屠滅項家莊的事情，跟他完全無關……」

項宗羽厲聲道：「但他這些年來還是幹下了不少殺人越貨的勾當！」

「程兄，別說了，我罪有應得。」江尙清引頸束手。「項大俠，你動手吧。」

項宗羽的手開始顫抖，嘴唇都咬出了血，反而砍不下去。

程宗咬勸說著：「項老弟，中原五兇一幫子人已被你屠戮殆盡，你又已經殺了有龍紋刺青的主兇鬧天鷹，何不就此罷休？」

江尙清聞得此言，忍不住發話道：「我聽說項大俠一直在追殺臂有龍紋刺青的兇手，但我們那幫子人，身上有龍紋刺青的起碼有二十幾個……」

項宗羽聞言，渾身一震。

江尙清續道：「以我對鬧天鷹的了解，他從來不會姦殺良家婦女，他不屑幹這種事。」

項宗羽再一次全身猛震，厲吼道：「你胡說！那他臨死前爲何會承認？」

江尙清嘆道：「他是個典型的亡命之徒，既然逃不了一死，他就故意氣你，讓你一輩子都不舒坦。項大俠，你莫中了他的攻心之計。」

項宗羽結結實實的楞住了。

復仇之後的空虛

山頂上聚集在賀蘭棲眞身邊的人潮已散，各自覓地休息。

逍遙子獨坐於一棵大樹下，項宗羽悄悄走近：「師父……」

「你來啦？」逍遙子淡淡道。「你可以不來，爲何要來？」

項宗羽把湛盧寶劍連鞘遞給了師父，逍遙子頗覺意外。

項宗羽低垂著頭：「湛盧是仁者之劍，我不配擁有。」

逍遙子默默接過。

項宗羽又道：「弟子無能，仍未找到殺死阿煙的眞兇。」

逍遙子輕嘆一口氣：「我已經說了多少次，不要把心思放在這上面。阿煙福薄，或許來生另有福緣。」

項宗羽啞聲道：「我懷著仇恨活了這麼多年，濫殺了許多人，但我報仇之後反而覺得空虛，不曉得還活在這世上是要幹什麼？我一刻都平靜不下來，脾氣變得很暴躁，不管看見什麼人還是想殺……」

在追尋中原五兇的時候，他必須拚命維持理智，才能分析線索，追蹤兇手，而當眞兇授首之後，他的理智便崩潰了，滿心裡只剩下還未發洩完畢的憤怒與狂暴。

現在又聽說，殺妻的眞兇可能永遠都找不到，他更如同一隻被拋棄在荒原之中的小獸，茫然不知何從。

逍遙子同情的望著他：「這些年，你殺夠了嗎？」

項宗羽猛然抽泣起來，愈哭愈大聲，全身劇烈抽搐，哭得像個奶娃兒。

逍遙子輕撫他的頭，低聲喃喃：「哭吧，盡量的哭，就把自己當成一個剛出生的嬰兒。你的人生才剛開始，往後還有許多值得努力的方向，明白嗎？」

掌門人的資格

當項宗羽出現在大家面前的時候，所有人都詫異了。

這個落魄潦倒狼狽的漢子，就是昔日風度翩翩的「劍王之王」？

終南掌門臥雲客心中雖嘀咕，仍不忘搧風弄火：「好了，當世最頂尖的劍客來了，呂少俠，你的心願要達成了。」

羅浮派掌門陰陽子也跟著起鬨：「這絕對是當世最好看的決鬥！」

音兒哼道：「好看？人家打架是給你看的嗎？話本裡的掌門人都是胸懷大度、包容萬物的世外高人，看到人家打架，就會上前先作一揖，然後和藹的說：『兩位仁兄請了，有什麼大不了的事，必須以生死相拚呢？兩位看在我的薄面上，就此罷手吧。』這樣的人才夠資格當掌門人……」

崔吹風趕忙摀住她的嘴，把她拖到一邊：「妳這小丫頭真不知好歹。」

項宗羽垂著頭走到呂宗布面前：「我本無顏參加這次大會。」從懷中掏出一塊小小的金牌，正是「劍王之王」的表徵，遞了過去。「呂老弟，我不是你的對手，當今天下，『劍王之王』的頭銜非你莫屬。」

呂宗布不接，頗為意外的略退兩步，怔怔望著項宗羽，不知如何反應。

陰陽子大叫：「『劍王之王』的榮銜是靠真本領贏來的，怎能私相授受？」

音兒雖已被崔吹風拖出老遠，仍扯著嗓門大聲道：「戲臺上最感動人心的戲碼都是英雄惜英雄，秦叔寶與單雄信、關公與黃忠、張飛與嚴顏，對不對？英雄當然可以違抗將令，不殺就是不殺，要放人就是要放人，只有小人才不同意這種行為……」

陰陽子、臥雲客氣得要命。「妳罵誰是小人？」

兩派人馬圍了過去，都想把一肚子的窩囊氣出在音兒頭上。

項宗羽面色倏冷，橫身攔在他們面前：「這小姑娘是我的朋友，誰都別想動她。」

音兒笑道：「耶，開始有大俠的樣子了。」

兩派人馬更惱火。「怎麼，你不敢與『劍神』交戰，倒以爲我們好欺負？」

「必殺劍」宋終剛才連劍柄都還沒握暖，就沒頭沒腦的輸了一場，此刻自然想扳回一城，暗忖：「這項宗羽已經變成了個廢物，我現在殺了他，倒也可以揚個名、立個萬！」

二話不說的一連幾劍直刺項宗羽。

項宗羽已將寶劍還給師父，空著兩隻手，這一串連環快劍不顧武林規矩、江湖道義，可謂卑鄙至極，弄得項宗羽避無可避。

音兒實在看不下去，正想出手救援，突見一名軍官帶著幾名騎兵縱馬奔上山頂。「吾等奉丙知州之命，捉拿欽命要犯項宗羽，不相干的人統統讓開！」

官府這麼一出面，當然就沒人敢再繼續鬧下去了。

十面圍捕

項宗羽朝逍遙子行了一禮：「我早該去自首，但因近日心緒紛亂，竟然忘了。」

逍遙子點了點頭：「你去吧。」

一旁的崔吹風也才想起這事兒，叫道：「我跟你一起去。」

音兒大驚：「你發什麼瘋？自自由由的不好，非要去坐牢？」

崔吹風苦笑：「不是早就說過了？我總不能當一輩子的逃犯。」

項宗羽大步走向帶隊軍官，江尙清突然叫了聲：「項大俠！」招手要他過去，並拉著他走到逍遙子身邊，三人低聲嘀咕著。

那軍官不耐罵道：「還磨蹭什麼？可不要敬酒不吃吃罰酒。」

項宗羽再一次向師父行了拜別之禮，大步走往山下，崔吹風也跟在後面。

音兒在旁瞥見項宗羽跟江尙清談完之後，臉上本已平和的線條又變得異常獰厲，不由心忖：「這又怎麼啦？其中定有蹊蹺。」當即拉住崔吹風的手。「我再跟你走一遭。」

崔吹風心中既甜又苦：「音兒，妳就別跟著我折騰了。」

音兒的虎牙笑得閃亮，眼睛瞇得更細：「我早說過，你去哪兒我去哪兒。廢話少說，走！」

山頂眾人望著騎兵押著他們三人走了，頗覺觸霉頭，都道：「散了、散了，回家！」

陰陽子噎噎呼呼：「下次的大會索性也別辦了。」

大家意興闌珊的步下山來，山路盡頭竟橫列著一隊士兵，旗幟鮮明，盔甲閃亮，戈矛如林，一副如臨大敵的陣勢。

傀儡生皺眉道：「擺出這等陣仗，卻是爲何？」

先前的那名騎兵軍官縱馬出陣，厲聲道：「丙知州派出三千精兵，已圍住了整座鍾山，你們哪裡也別想去。」

七大劍派中人俱皆大驚。「我們犯了什麼罪？」

「非法聚會、聚眾鬥毆……總之，罪名不下三十條。識相者束手就擒，若敢抗拒，格殺毋論！」

華山掌門班魯大叫：「那個狗知州想把我們一網打盡，不怕老子殺了他？」

華山門人最爲魯莽，華山七劍中僅存的「山羊」鈕建行、「山狐狸」衛沖率領著其餘弟子就往前衝。

弓兵們立馬一陣亂箭射來，劍客們劍術再高也抵敵不住，慌忙退後了數十丈。

賀蘭棲眞喝道：「大家先別動手，暫且退回山頂，老夫自有計較。」

大家心想，他是皇帝親封的「宗玄大師」，有他的庇護，諒必無事，便依言退卻；傀儡生指揮若定的沿途派出幾個崗哨，監視官軍的行動。

水漫金山亭

彷彿是神佛定下的規矩，靈山之旁必有秀水。

玄武湖依傍著鍾山，秀麗的湖面上倒映著鍾山群峰，從任何一個角度看過去，都沒有違背山水的定律。

昇州知州丙坤顯然是個附庸風雅之人，把他的大本營設在玄武湖邊的「金山亭」裡，對著美景，獨自啜飲「千湖春」美酒。

項宗羽、崔吹風被帶了進來。

「你就是項宗羽？」丙坤不屑的瞟著他。「瞧你這副猥瑣模樣，能有多大本領？」

項宗羽淡淡道：「瞧你坐在這麼風雅的景致之內，卻有一股俗味，肚裡可有兩滴墨水？」

丙坤大怒：「大膽刁民，竟敢侮辱朝廷命官？」

項宗羽冷笑：「你一個小小的知州，竟敢發兵包圍鍾山，濫捕無辜良民，究竟是何人在你背後撐腰？」

「項宗羽，你果然是個明白人。」

話聲甫落，俞餤至就從亭後轉了出來，透明的眼窩深處，腦漿正在緩緩蠕動。

崔吹風被他那怪異模樣嚇得目瞪口呆：「他……腦子都露出來了，怎麼還能活？」

音兒低聲道：「噤聲！那是個妖怪！」

崔吹風更為驚駭：「世上怎麼會有妖怪？」

音兒唉道：「你不知道的事情還多著呢，等著看吧。」

項宗羽緩緩上前幾步：「閣下想必就是第五公子了？」

「沒錯。」俞燚至道。「中原五兇都是我手下的小嘍囉，卻毀在你手裡，可你今天落在了我手裡，真可謂報應不爽。」

項宗羽轉眼望向丙坤：「你的小嘍囉都是這種窩囊廢嗎？」

原來，俞燚至指使丙坤派兵把七大劍派的門人困在鍾山上，企圖一舉殲滅中原武林。

丙坤拍案大罵：「你死到臨頭，還不自知？來人哪……」

項宗羽冷冷截斷：「你要叫人來逮捕你自己嗎？」

丙坤方才楞得一楞，項宗羽已從懷中掏出了一封書信。

他向官兵自首時，已被搜過身，但區區一張紙，當然不會引人注意。

項宗羽手舉書信，厲聲道：「你是效忠皇上，還是效忠這個唯恐天下不亂的妖怪？」

丙坤嚥了口唾沫：「你……什麼意思？」

「賀蘭掌門是皇上親封的大師，這便是他的奏章。」項宗羽威嚇著說。「這奏章往上一遞，就算你有八顆頭，也休想保住一顆！」

丙坤嚇得委頓成一團。

俞啖至罵道：「他罵你是窩囊廢還真沒錯，一張紙能當什麼事兒？」

手臂一長，抓向項宗羽手中的書信。

項宗羽的右手在紙緣上一摸，指間便多出了一柄細如織針、薄如紙片的小劍。

魚腸劍！

當年鑄劍大師歐冶子鑄出了五柄寶劍，湛盧劍爲劍中至尊，另有二大二小——純鈞、勝邪、巨闕、魚腸。

魚腸劍爲吳國的公子姬光所得，授予刺客專諸，他將此劍藏在魚肚子裡刺殺了吳王僚。公子光篡位成功，是爲吳王闔閭，登基後便將此劍封存，永不再用，不料如今被雁蕩派所得。

此劍既名爲魚腸，可見其極細極薄，貼在紙上都讓人感覺不出來，但它仍是一柄劍，一柄能夠穿透三重狻猊鎧甲的殺人劍！

俞啖至縱然魔性強大，也無法阻擋這種等級的寶劍，被魚腸劍刺穿了右掌，痛得大叫。

項宗羽厲吼：「所有喪盡天良的兇案，幕後指使者都是你！」

運勁於指，抖直了魚腸劍，直刺俞啖至心窩。

俞啖至臨危不亂，左手抽出神農氏的獨門兵刃「赭鞭」，旋起赤紅色的火啖，掃向對方頭顱。

這一鞭歹毒至極，中者必死，但項宗羽完全不顧自己的安危，挺劍直進，指向俞谿至要害。

他這種不要命的打法，讓右手已傷的俞谿至不得不撤招防守，並且一著一敗退。

丙坤見勢不妙，拉開喉嚨嚷嚷：「來人哪！王鈐轄、何都監、劉提轄……快來人哪！」

涼亭附近駐紮了不少士兵，聞聲都挺槍持矛的衝了過來。

音兒見官兵人多勢眾，如果眞的被圍住，想要脫身可就難了，登即面對湖水，雙掌一揮，發出「水漫天」功力。

她乃水神之後，又站在浩浩蕩蕩的湖邊，這一揮灑，威力更是驚人，玄武湖水被她帶起千百層大浪，直撲金山亭而來。

丙坤又大叫：「我不會游泳，快救我！」

士兵們還沒搞清楚是該抓人還是該救人，大水已捲入亭中，把所有人都沖進了湖裡。

洗碗丫頭的神通？

崔吹風不會游泳，心中剛喊得一聲：「死也！」已被人夾脖子拎出水面。

正是嘻笑自若的音兒。

「叫你不要來自首，你偏不聽，這就叫作不聽女人言，吃虧在眼前。」

項宗羽雖然略識水性，但如此大浪淹得他暈頭轉向，眼看著就要滅頂。

音兒一手抓著崔吹風游過去，另一隻手拎起了項宗羽，大鮫也似游向玄武湖東岸，邊還嘮叨著：「你這個殺人狂可眞有一套，把劍藏在紙裡也能殺人！這柄劍鑄得太好了，如果你感謝我的救命之恩，可以把它送給我，我呢，會先推辭幾句，然後就卻之不恭的收下了，你看怎麼樣？」

項宗羽才應了聲：「這是師父的……」水就湧入嘴中，再也說不出話。

音兒哼道；「我就曉得你小氣，好啦，逗著你玩兒的，你別急哦。」

轉瞬游到鍾山腳下，音兒一手一個，將他倆提上了岸。

項宗羽嘔了幾口水，苦笑著朝音兒一揖：「多謝姑娘救命之恩。」

音兒大剌剌的道：「嗯，現在比較像點樣兒了，不會動不動就想殺人。你說那劍是你師父給你的，難道他早已預見那妖怪在等著你？」

「不，我要下山自首之時，峨嵋派的『拂風擺柳』江尙清特別提醒我，昇州知州丙坤是俞倓至那妖怪手下的人馬，所以師父才把魚腸劍交給我防身。」

音兒怪問：「江尙清又怎會知道這些隱祕？」

項宗羽因江尙清已深具悔悟之心，便不想再提及他曾是裂地熊的過往，胡亂支吾了幾聲，輕輕帶過。

崔吹風驚魂甫定的坐在地下：「音兒，妳眞會泅水。」又望著已然風平浪靜的湖面，更覺不可思議。「剛才怎麼會突地掀起那麼大的浪？」

項宗羽唉了一聲道：「應是音兒姑娘的神通。」他到底閱歷豐富，已看出音兒必有非同常人之處。

崔吹風失笑：「這個小丫頭哪有什麼神通？」

音兒抿嘴嫣然：「對嘛，我只會洗碗、唱歌兒，最喜歡做的事情就是聽你演奏，神通於我何用？」

「二位，就此別過。」項宗羽不想再多言，拔腿就往鍾山上走。

「你還要回去？」崔吹風詫異。「豈不是自投羅網？」

「師父、師兄弟與武林同道都被困在山上，我不回去怎麼行？」

「那我們？」崔吹風眼望音兒。「我們怎麼辦？」

「喲，你幹嘛問我？」音兒笑得很開心。

「妳剛才說，要聽女人言，我現在就聽妳的啦。」

音兒一挺胸脯：「我們雖然不是大俠，但也有那俠肝義膽，既然咱們已經有了過命的交情，就陪你走一回吧。」

一湖冬水盡倒流

湖東另有一條山徑直通山頂。

三人走沒多遠，就遇上了布下陣線的弓兵。

「幹什麼的？知州有令捉拿重犯，不相干的快退回去。」

項宗羽見這隊弓兵裝備精良，他既不想傷害官兵性命，但又要突破防線，著實爲難。

音兒笑道：「兵爺，你讓我們過去，我就讓你們看一幕奇景。」

隊官罵道：「把你們射成刺蝟，就是奇景。快滾！」

音兒仍嘻皮笑臉：「你們有沒看過倒流的大水？」

「少囉唆，再不走就把你們抓起來！」

「你們不想看，我也要讓你們看。」

音兒雙臂一展，湖水竟眞的朝山坡「爬」了上來。

士兵們都看呆了。「這……怎麼回事？」

他們站立之處距離湖面少說五十丈高，整個湖面並未上漲，就只有一波一尺多高的水，像是有生命一樣的一直往上爬，一轉眼就淹沒了他們的小腿。

音兒笑道：「這水好玩吧？要不要再高一點，讓你們洗個澡？」

隊官發一聲喊：「逆天啦！快跑啊！」

整隊官兵沒命的跑不見了。

音兒雙掌一推，爬上來的水便又退回湖中。

項宗羽拍拍崔吹風的肩膀：「瞧見沒有，這可以算是神通吧？」

崔吹風早驚呆了，只能怔怔的望著音兒，做聲不得。

項宗羽凝目道：「音兒姑娘再不說實話，可就見外了。」

音兒嘆了口氣：「我爹就是剛才賀蘭爺爺提到的水神共工。」

崔吹風又一驚：「世上真有妖魔鬼怪？」

「說這什麼呢？」音兒敲了他一下。「我是妖魔，還是鬼怪？」

崔吹風其實早在三月間就曾經碰見過一個妖怪，只是他一直在心裡告訴自己：「那不是眞的，只是我自己的幻覺幻聽幻想。」

現在，這些「幻」又再度出現眼前，他實在沒辦法再以「幻」來一筆帶過了。

不准奏樂的縣令

三人登上山頂，七大劍派中人正在討論著下一步該怎麼辦？

雁蕩掌門逍遙子見項宗羽居然回來了，忙問山下發生了什麼事？

項宗羽絕口不提音兒的來歷，只是稟報實情：「昇州知州是第五公子手下的嘍囉，想把咱們全殲於此。」

自從六月間俞谿至想要刺殺皇帝趙恆的陰謀敗露之後，他就變得臭名滿天下。大家都緊皺眉頭。「姓俞的如此胡作非爲，怎麼沒人上報朝廷？」

項宗羽道：「朝廷之中多有他的爪牙，糾結盤連，一時之間難以清除乾淨。」

青城掌門傀儡生道：「大家不必驚慌，我們守在山頂上，諒他們也攻不上來。到了晚上，弓兵就沒用了，我們循路下去，殺他們個昏天黑地！」

峨嵋掌門金頂仙鼓掌道：「就這麼辦。」顚著肥油油的大肚子，跑到一塊大石上躺下就睡。

賀蘭椄眞吩咐弟子取出早已備下的乾糧：「大家先吃一些，養精蓄銳。」

大家都道：「還是老爺子細心，些許小事都已經計畫周全。」

崔吹風拉著音兒走到一旁的大樹下：「音兒姑娘……」

「叫我音兒就好。」

「音兒，妳眞是什麼水神的女兒？」

「對啊。」音兒笑得瞇瞇眼。「把你嚇著了？」

「那……那妳爲什麼一直在進財大酒樓洗碗？」

音兒不好說自己癡迷他的音樂、欣賞他的爲人，更不好說她原是爲了打探火神後裔的下落，順口道：「待在家裡無聊，出來體驗一下人生唄。」

「妳爹是十幾萬年以前的人……呃，十幾萬年前的神，那妳……」崔吹風一驚。「妳也已經十幾萬歲啦？」

音兒大笑：「唉，傻瓜，十幾萬歲的老太婆，會長得我這樣子嗎？」

「也是……」崔吹風鬆了口氣。「那妳今年幾歲？」

「我爹打了十幾萬年的光棍，直到十八年前才愛上我娘，生下了我……」音兒忽地瞇細眼睛，緊盯住他。「喂，你那麼在乎我幾歲，什麼意思啊？」

崔吹風一陣慌亂：「沒……沒什麼意思！」

音兒笑在心裡，羞在臉上：「我父親姓共，後來改成姓洪，所以你說，我叫共音兒好聽呢，還是洪音兒好聽？」

「都……都好聽。」崔吹風不知想到什麼，有些癡了。

「喂，一直沒問你，是誰教你彈琴的？」

「是我爹。」崔吹風道。「我是江南『太平州』王家塢人氏……」

「你們姓崔，卻住在王家塢？」

「王家塢就只我們一家姓崔。聽我娘說，我家幾十代都住在那兒，全都是樂師，而且每一代都是單傳……」

「你爹為什麼沒跟你一起去洛陽、開封？」

「他在我十歲的時候就失蹤了。」

音兒聽出了一些蹊蹺，連忙追問：「多說說你爹。」

「我對我爹的記憶很模糊，除了教琴之外，就只記得他常常為村人演奏。」

「王家塢的人眞有耳福，他的琴彈得跟你一樣好嗎？」

「我娘說，我及不上他。」崔吹風笑道。「每次節日喜慶他一彈琴，滿村的人就會一直跳到虛脫為止。」

「想必如此。」

「不過後來，縣城的舊縣官卸任了，新上任的知縣名叫莫仇樂，他聽說王家塢經常有人奏樂，就下令禁止。」

音兒一怔：「明令禁止音樂？世上豈有這等事？」

「大家都說他仇視音樂，但沒人知道為什麼？」崔吹風苦笑。「過沒多久，他母親病逝了，出殯時把我爹叫去，我和我娘也跟了去，那天發生的事情我倒記憶猶新……」

「他娘死了，干你爹什麼事？」

「他要我爹奏哀樂。」崔吹風再一次苦笑。「但是我們崔家從來不奏哀樂……」

「本來嘛，你的音樂只會讓人喜到心底，怎麼哀得起來？」

「我爹委婉的告訴了縣老爺，但他一定要我爹彈琴，我爹執意不彈，他就打了我爹十幾個耳光……」

「這個莫仇樂太霸道了！」音兒義憤填膺。「你爹一定很生氣？」

「沒咧，我爹脾氣很好，記憶中從來沒見過他生氣。」

「你跟他一樣。」音兒笑望著他。「我從來就沒碰過像你脾氣這麼好的人。」

「可是，幾個月後我爹就失蹤了，可能跟這事兒有關……」崔吹風重嘆一口氣。「我娘覺得我再留在王家塢可能會有危險，就把我帶離了太平州，四處流浪。」

「你少年時吃了不少苦頭吧？」音兒憐惜的握住他的手。「老天爺對你這個天才未免太不公平了。不過，你別擔心，你一定會找到你爹的，將來你父子倆一起合奏，全天下的人不都瘋啦！」

崔吹風只覺她的手掌如綿似水，捏著舒服極了：「音兒，妳眞的喜歡聽我的音樂？」

「豈止喜歡，我愛死啦！」音兒的手握得更緊。「崔郎，你以後一定要天天奏給我聽。」

她這話有何含意？連稱呼都變了。

崔吹風心頭一蕩，手捏得更緊了。

兩人併肩坐在樹下，若非眾目睽睽，親密的舉動恐怕不只如此而已。

鄉巴佬霸主

俞錟至緊皺鼻端走入金陵城內最破、最爛、最便宜的茶館，裡面只有一個戴著草帽的鄉巴佬。

俞錟至不屑的坐在他對面：「儂全福，約在這種地方見面，你就不能稱頭一些嗎？」

此人居然就是稱霸廣南西路的儂氏之主。

儂全福操著極重的鄉音道：「中原的東西太貴了，我們鄉下人受不了。」

俞錟至的腦漿在眼洞中翻滾：「等咱們席捲了西南半壁，你就不會嫌物價太高了。」

「咱們？」儂全福的笑容滿蓄譏刺。「叱吒中原的第五公子怎麼會看上我們那偏僻小角落呢？」

「你也太小看你自己了。」俞錟至悠哉的伸出指頭沾了些茶水在桌面上畫著。「西南雖是邊陲，但地勢易守難攻，你們廣南西路與大理、大瞿越，恰成三足鼎立之勢，若能結合成一股力量，再進取中原，定能一舉席捲天下。」

「我們與他們聯合？提都甭提！」儂全福一掌拍在桌子上。「我們儂氏跟大理段氏是世仇，跟大瞿越也從不往來，要我們聯合，天先塌下來再說。」

俞錟至撫摸著右掌上的傷口，那已迅速的結成了一個疤：「我沒有要你們聯合，我是要幫助你掃平那兩國，再合兵進取中原。」

「你想要幫我？」儂全福皺眉想了半天，方才冷笑道：「我懂了，大瞿越的李朝有一個名叫洪工的很厲害；大理段氏自有崇聖寺的妖僧撐腰，都不會讓你插手，所以你就想來哄騙我姓儂的？你別做這春秋大夢了，給我閃遠點。」

俞談至輕笑道：「我若是不閃呢？」

儂全福大笑：「如果換在從前，我確實怕你，但如今我手下多了一員大將，以他的本事，打發你這種不入流的妖怪，易如反掌。」

「哦，這麼厲害？」

儂全福傲然：「自從有了他，我手下的那些舊將領全都靠邊站了。」

「可否讓我見識一下？」

儂全福厲聲道：「夕陽使者何在？」

一顆金髮火眼的頭顱出現在窗臺邊緣，原來他嫌茶館內太臭，一直都蹲在窗外。

「主公，何事？」

儂全福指著俞談至：「把這個腦漿露出來的傢伙丟出去！」

夕陽使者咧開血盆大口：「我在問我的主公，沒在問你。」

儂全福一楞：「我不就是你的主公？」

「就憑你這德性，也夠格？」夕陽使者朝他臉上啐了口濃痰。「這幾個月待在你們那土豪窩裡，可把老子悶壞了。」

原來，九名太陽使者都是俞踆至的爪牙，五月間烤焦高麗國的計畫失敗，兄弟九個只餘夕陽一人，俞踆至便派他去西南。他到了廣南西路，將儂全福手下的將領全都打趴了，又裝出恭順的模樣，成為儂氏麾下獨一無二的大將。

儂全福這才知道自己早已落入俞踆至的圈套，臉色一片灰敗。

夕陽使者道：「主公，我們接下來要怎麼辦？」

俞踆至道：「共工的女兒現在正被困在鍾山上，我已命令丙知州放火燒山，正好一箭雙鵰，把那丫頭與中原武林最頂尖的劍客統統燒成焦炭。」

「可，冬日潮溼，野火放得起來嗎？」

「這就要看你的本領了。」俞踆至一笑。「先祭起你的太陽鏡，將山上的樹木烤乾，我就不信那丫頭『水漫天』的功力有多強。」

以火攻火

峨嵋派掌門金頂仙敞開前襟，露出他的大肚腩，躺在大石上睡得昏頭搭腦，但他愈睡愈熱，終於忍受不住的坐起身子：「太陽都快下山了，怎麼還這麼熱？」

他抬頭一看，嚇了一大跳。

天上竟出現了兩顆太陽！

「這……怎麼回事？」金頂仙慌忙站起。

七大劍派中人都臉色凝重的聚集在空地中央。

「劍神」呂宗布道：「那第二顆太陽其實是由一隻怪鳥馱著的太陽鏡，但『箭神』文載道不在這裡，誰都沒法將牠射下來。」

青城掌門傀儡生唉道：「本想乘夜突圍，但如果天不黑下來，我們怎能衝破弓兵的包圍圈？」

呂宗布道：「太陽鏡本身不會發光，只是反射太陽的光燄，太陽終歸是會下山的，到那時太陽鏡就沒用了。」

眾人安心了些。

但兩顆太陽的威力非同小可，沒多久便將鍾山周圍烤得溼氣盡去，樹木都呈現乾枯的狀態。

賀蘭棲眞沉思片刻，矍然驚起：「不好，他們要放火燒山！」

話還沒說完，山腳下的火就已燃起，一路向山頂延燒上來。

各派的弟子們從四處奔回。「四面都已起火，無路可走！」

眾人饒是經驗豐富，可也沒了主意，聒噪成一團。

崔吹風與音兒一直待在一旁，崔吹風擔心的問著：「音兒，妳能滅了這火嗎？」

音兒見火勢猛烈，燃燒迅速，心中也沒把握：「山頂距離湖面太遠，我在這裡發功，不知能激起多大的浪？」

項宗羽靠了過來，悄聲道：「要不，我護送姑娘到半山腰去？」

崔吹風縮了縮脖子：「那不成了弓兵的箭靶？」

音兒也縮了縮脖子：「我別的不怕，就怕那些蝗蟲一樣亂鑽的箭。」略想了想，一挺胸脯。「崔郎，你幫我伴奏，我才更有精神。」

崔吹風端坐於地，把琴放在膝上，褪去琴衣：「妳想聽哪首曲兒？」

「只要是你彈的，我都愛聽。」

崔吹風十指連揮，一串音符奔洩而出，他因爲想到山下正在燒大火，彈出來的樂曲更像火燄四射、熔漿迸發。

眾人見他在這種危急的狀況之下，居然還有心情彈琴，都橫眉豎目的瞪過來。

音兒站在他面前拚命發功，但她的功力畢竟不夠，引不起多大水波，而野火愈燒愈快，已燒到了半山腰。

音兒急得宛若熱鍋上的螞蟻，崔吹風則已彈得忘我，況且大火燃燒的聲音讓他產生了更多靈感，琴音熊熊沸滾、辣辣騰揚，與大火相應和。

羅浮派掌門陰陽子跳腳大罵：「那小子還在彈什麼？彈那什麼調調兒？難聽死了！」

他這話幾乎是用吼的，當然傳入了崔吹風耳裡。

幾乎從來沒有人嫌他的音樂不好聽，崔吹風心中不免有氣，再想起連日來種種倒楣的遭遇，現在甚至可能葬身火窟，更是愈想愈氣，指間彈得愈用力。

音兒偶一回頭，只見崔吹風生氣的臉龐漲得通紅，竟宛似就待噴火，不禁一楞。

就在眾人都沒防著的瞬間，山頂周圍的樹木全都猛烈燃燒起來！

程宗咬怪叫：「這下眞的死定了！」

但山頂的大火沒往上燒，而是往下燒，朝著山腰的大火燒了過去。

火攻上了火，火壓住了火，火打敗了火！

往下燒的火，比往上燒的火狂猛得多，眨眼便逼著山腰的火一起燒到山下。

在山腳下放火的士兵嚇得四散奔逃。「今天是什麼怪日子，水往上流、火往下燒，難不成世界顚倒過來了嗎？」

火琴的真相

山上的火沒過多久便把山下的火驅逐得全無痕跡。

七大劍派中人全都楞在山頂上，完全搞不清楚到底發生了什麼事情。

夕陽早已落下，天地間一片昏暗死寂，剛剛發生過的那一幕大火互噬的激烈景象，彷彿只是一個不眞實的夢。

崔吹風也忘了彈琴，腦中止禁不住的盤旋著有關火琴的傳說。

音兒悄悄把他拖到一塊大石的後面，抓過他的琴猛瞅：「你這琴？」

崔吹風搔頭不迭：「妳也看見的，明明是我今天早上才買的呀。」

音兒煩亂的思索著，不停踱步，半晌之後才猛一拍巴掌：「我懂了！我懂了！」

「妳懂了什麼？」

音兒激動的抓住崔吹風的手：「原來你就是火琴！你本身就是祝融火琴！」

崔吹風失笑：「我是人，又不是妖怪，怎麼會是一具琴？」

「我問你，你這輩子發過幾次脾氣？」

「這……」崔吹風回憶著：「第一次是今年三月在洛陽的時候，總捕姜無際在辦一件怪案，把我也牽扯了進去，後來一個妖怪挾持我，我還差點被一個名叫燕行空的大漢砍死，那個燕行空眞是蠻不講理……」

「那時你有沒有在彈琴？」

「我還沒睡醒就被叫下樓去，連琴都沒帶。」

「好，所以這次不算。第二次呢？」

「嗯……第二次是被關在牢裡的第一晚，我想娘，想得大哭，項大俠竟在我頭上撒尿，還掐住了我的脖子……」

「關在牢裡當然也沒琴。第三次呢？」

「第三次就是押解途中，在小鎮上的昇平客棧，項大俠又掐我脖子……」

「這次我也在，結果小鎮就被燒光了，對不對？第四次就是在尉氏縣，項大俠又罵你，所以你又把縣城燒光了！」

崔吹風結巴著：「妳……什麼意思？」

「你還不明白嗎？你如果在發脾氣的時候彈琴，隨便什麼琴都會變成火琴，因爲你就是火神祝融的子孫，太子長琴的後裔！」

生氣不彈琴，彈琴不生氣

山下的兵都跑光了，七大劍派的人一路悠哉下山，一邊討論著剛才目睹的怪狀況。

項宗羽心知崔吹風必有異能，但他既不發問也不向眾人提起。

崔吹風與音兒走在最後，崔吹風兀自無法相信音兒對自己身世的解釋：「音兒，妳說的這些，我實在很難接受……」

音兒道：「《山海經》裡記載，祝融是守護南方的主神，這就是你們崔家的任務。你想想看，你們崔家住在太平州幾十代，江南一直欣欣向榮，即使在殘唐五代，江南也沒有大規模的兵災人禍。你爹與你祖先的脾氣好，因爲他們不必發脾氣，火琴派不上用場。」

崔吹風聽得一楞一楞，猛搔頭皮：「這會是眞的嗎？這會是眞的嗎？……」一連說了幾十句，說得自己也不得不相信了。

音兒又道：「你剛才生氣的時候，嘩，臉紅得嚇死人！那火就好像是從你臉上燒出去的一樣。」

「我眞的那副模樣？」崔吹風苦笑。「看來我不能生氣，難怪我爹從來不生氣。好，我記住了，以後生氣不彈琴，彈琴不生氣。」

他既得知自己的身世與特殊稟賦，不免興奮，喋喋不休的說個不停。音兒的心情可複雜極了，最欣賞的他，竟是世仇之子，將來他們之間會演變成什麼情況？橫亙在他倆面前的難道只有一條絕路？

一行人來到金陵城外。

峨嵋掌門金頂仙道：「昇州知府雖然嚇破了膽，但我們還是別進城去招搖了。」

羅浮掌門陰陽子道：「城東二十里外有間『龍頭客棧』，掌櫃是我的老相識，我們去那兒落腳，可保無虞。」

音兒一拉崔吹風：「別跟著他們，我自有一個好去處。」

兩人悄悄走離，除了項宗羽，並沒有人在意他倆的行跡。

須家莊的僕人們在大門外列隊恭迎「大小姐」回府，把崔吹風嚇了一大跳：「這裡不是天下第一富豪須盡歡的宅邸嗎？怎麼……」

「須盡歡是我爹的臣子，眞名叫作相柳。」音兒挽著崔吹風的胳膊往內走。「那天我被他們兇巴巴的抓進來，都是騙你的，因爲我還不想露相。」

「原來如此，害得我擔心好久。」

音兒在他耳邊吹氣道：「我就是喜歡你擔心我。」

相柳在大廳中隆重款待崔吹風，十幾盤大菜端出來，把餓了一整天的崔吹風撐得半死。

站在分岔路口的音兒

音兒因有事要與相柳密議，便吩咐管家：「送崔公子去客房休息。」

相柳知音兒有話要說，等崔吹風離去後，便道：「鍾山上今日鬧騰了一場，大火燒得滿城老百姓差點要舉家逃難，是否與火琴有關？」

音兒把崔吹風的底細說了一遍，煩惱的問：「大叔，現在該當怎麼辦？」

相柳正色道：「大小姐，我已經說過了，水火兩家本是世仇，到了節骨眼兒上，兒女私情一定要放在一邊。」

「那我……把他送去一個隱密的地方，叫他永遠都不要出來？」

「不！我們要抓住他，送去大瞿越，他的生死，交由主公裁奪。」

音兒心底一驚：「非得這樣不可嗎？」

「沒得商量。」相柳斬釘截鐵。

「我……再想想……」

音兒當然不願意把崔吹風交給父親，但她還能怎麼辦？

她煩惱的在庭院中踱步，但亦知道就算自己把腳板踱爛了，也想不出第二條路。

崔吹風在客房內又彈起琴來，那跳躍靈動的樂聲，只更增添了音兒心中的煩悶，甚至開始恨起這麼好聽的音樂來。

「唉，當初若不是因爲這個，我也不會愛上他了。」

大洪水

琴聲傳入相柳房中，這個老怪物的想頭可多了。

遠古時代，洪水爲害甚烈，有蹟可考的第一次就是女媧鍊五色石以補蒼天，斷鼇足以立四極，殺黑龍以濟冀州，積蘆灰以止淫水。

若干年後，水神共工與火神祝融大戰，不料水神竟被火神打敗，共工視爲奇恥大辱，氣得用頭撞倒了不周山，導致大地朝東南傾斜，從此洪水又經常泛濫。

共工自我流放了幾萬年，到了帝堯之時，又重振旗鼓，手下第一員猛將便是相柳。

相柳奉命出世，又引發大洪水，帝堯派鯀治水，鯀沒有得到天帝的許可，便從崑崙山偷了一種能夠自行生長繁衍的泥土——「息壤」去堵水，天帝大怒，派祝融在羽山的郊野殺了鯀。

帝堯命令鯀的兒子大禹繼續其父未竟之業，終於重創了相柳。

相柳流出來的血腥臭無比，被浸潤過的土地均呈現低窪狀態，貧瘠荒薄，五穀不生。他回去後，還遭到共工的嚴厲責備，不免懷恨在心，只是一直不敢表露出半絲半毫。

後來，共工又派他到中原經商，發了大財，富可敵國，但大多數的財產都貢獻給了如今身在「安南」的主公。

「以我的財力早就足夠組成一支大軍，如果現在又能得到崔吹風這火琴，水火齊發，我定可成爲天下霸主！」

相柳幾番躊躇，主意已定，大步走出房外。

水遁術

音兒仍在庭院內獨坐沉吟，忽見相柳走向客房。她心頭一緊，匆忙跟了過去。

「大叔，你想幹嘛？」

相柳皮笑肉不笑：「火琴既已到手，留在這裡夜長夢多，我馬上就派人把他送去大瞿越，獻給主公。」

音兒橫身攔在他面前：「不可以，我還沒想出個主意。」

相柳冷笑：「大小姐，莫非妳已愛上他了？」

音兒跺了跺腳：「你就別問這些，反正我遲早會有計較……」

相柳一板臉：「大小姐，這回可不能隨妳的意了。」

崔吹風聽得房外吵嚷，開門探頭，相柳一把就抓了過來。

音兒趕緊出掌封阻：「大叔，別這麼蠻幹……」

相柳既已下定了決心，索性翻臉翻到底，反手擊在音兒的手掌上，硬把她打退了幾步。

音兒怒道：「大叔，你竟敢抗命？」

「抗命？」相柳狂笑。「妳這小丫頭也敢命令我？當初妳爹命令我這、命令我那，他自己指揮不當，反過頭來還責怪我，我已受了他多少窩囊氣，如今還要受妳的氣？我相柳一世豪傑，總該輪到我揚眉吐氣，一統天下了！」

音兒這時才知他想要背叛共工，忙拉住崔吹風：「我們走！」

相柳厲喝：「妳走可以，火琴留下。」

雙掌齊出，千旋萬轉，左掌纏住崔吹風的肩頭，右掌蓋向音兒頭頂。

音兒當機立斷，放開了崔吹風，猛一轉身，「水漫天」捲起庭院中一整個池塘的水，擊向相柳。

相柳怪笑：「這點功夫也好在我面前耍弄？」右掌一探，突破水幕，打在音兒左肩上，音兒登時倒飛出去，摔在連接池塘的小河邊。

相柳一不做二不休，想把音兒徹底解決，欺身進步，直朝音兒撲來。

音兒心知自己的功力差得遠，又見他目露兇光，殺機已現，便顧不得崔吹風，翻身滾入河裡。

相柳一聲狂吼，運起十成功力，把小河中的水全捲上了天，宛若銀河倒懸、瀑布逆流。

水幕在月光下閃出珠簾玉絡般的光影，待得散盡，已不見音兒蹤影。

原來，整座莊園內有好幾條小河，縱橫交錯，水道都與金陵城外的玄武湖連在一起，以音兒的水性不難藉此脫身。

相柳冷哼：「不怕妳能躲到天上去。」心中隱隱浮起不祥的預感，更加深了他必殺音兒的決心。

各人都有不同的算盤

音兒順著河道游到金陵城外，才掙扎著爬上岸。

相柳的一掌雖未擊中要害，仍讓她承受不住，嘔了一口血，爬入樹林中暫歇。

「崔郎落入了相柳的手中，必定兇多吉少。」她又急又憂又怒，想起七大劍派中人投宿於城外的龍頭客棧，現在只能向他們求救了。

她勉強站起，認了認方向，朝東而行。

顛顛躓躓的走了不知多久，內傷愈發劇烈，終於一陣頭暈眼花，跌倒在地。

迷濛中，聽見一個蒼老的聲音道：「丫頭，妳怎麼啦？」

卻是「鐵拳」霍連奇。

霍連奇不是七大劍派中人，日間又被華山派排擠了一頓，心中老大不爽快，不想跟他們混在一起，獨自在外露宿，恰正碰著音兒暈倒在不遠處，急忙趕來照看。

音兒含糊的說：「快帶我去見那個殺人狂……不，項大俠！」

七大劍派的人還有許多沒就寢，聚在客棧大廳內閒磕牙，他們之中的大多數對於負傷的音兒並無關心之情。

「這個小丫頭跟我們有什麼關係啊？」羅浮派掌門陰陽子還沒忘記日間被她搶白得下不了臺，此時乘機打她一耙。

華山派掌門「破天劍」班魯見她是霍連奇帶進來的，也沒好言語：「咱們好不容易清淨一下，她可又跑來嘮裡嘮叨，煩不煩哪？」

霍連奇正想發作，項宗羽本已在房內休息，聽得這事兒，匆匆跑出房外：「崔公子怎麼了？」

音兒不能隱瞞崔吹風的底細，照實說了一遍。

霍連奇、江尚清都猛敲自己額頭：「原來那個大後生就是火琴？害我們白找了大半年！」

七大劍派中人卻沒幾個相信：「聽妳這話說得！那個姓崔的小子彈彈琴就能發大火，我們大宋跟遼國拚戰了這麼多年，勝負未分，現在只要派他去放幾把大火就搞定了嘛。」

音兒大聲道：「趙官家就是不知崔郎的本領，我們去把他救出來，朝廷就可以封他爲討北火燄大將軍，我們也算是替朝廷立了大功！」

眾人都嗤之以鼻。

項宗羽急問：「崔公子被誰抓走了？」

「他被困在天下第一富豪須盡歡的莊子裡。」

「須盡歡想要做什？」

音兒無法告知相柳的眞實身分，只能這麼說：「須盡歡有呑併天下的野心，所以我們一定要制止他。」

廳內眾人又都冷哼連連：「這又干咱們什麼事？」

音兒怒道：「今天大火燒山，若不是崔郎出手相救，你們早就被燒成一片焦炭了！」

眾人鬨堂大笑：「感謝崔公子彈琴救命之恩……以後一定會多給點賞錢……下回請客的時候一定找他來伴奏……」

音兒氣得想發功教訓他們，但腦中一陣暈眩，「咕咚」坐倒在地。

項宗羽道：「音兒姑娘放心，我這就去救他出來。」

「你一個人……不是他的對手……」音兒掙扎起身想要跟隨，仍無法站穩。

項宗羽吩咐店家妥善照顧她，便大步走向門外。

程宗咬拎起爛木棍：「我跟你一起去。」

霍連奇、江尙清也都說：「走走走，別跟那些忘恩負義的傢伙囉唆。」

他倆跟崔吹風都有交情，自不能見死不救。

王屋派掌門、一百一十二歲的老劍客賀蘭棲眞也從房中走了出來：「吾等學劍，就是爲了行俠仗義，現在有人求助，豈能袖手旁觀？」

「劍神」呂宗布一揮手：「王屋派弟子，出發！」

雁蕩派掌門逍遙子、青城派掌門傀儡生也都率領門下弟子出動；峨嵋掌門金頂仙扁著大肚子、打著呵欠道：「本想好好的睡上一覺……罷罷罷，就跟你們走一趟。」

四派人馬都走了，只剩羅浮、終南與華山三派坐在大廳內面面相覷。

陰陽子忽然陰惻惻的一笑：「須盡歡號稱天下第一富豪……」

臥雲客緊接著說：「他們這一去，一定大鬧一場……」

班魯一拍桌子，跳起身來：「咱們正好趁火打劫！」

三派人馬爭先恐後的衝出門外。

七大劍派圍攻須家莊

賀蘭棲眞率領四大劍派悄悄來至須家莊外，還沒分派任務，羅浮、終南、華山的人馬已追了上來。

陰陽子搶著說：「既是富豪之家，防衛定當嚴密，我們應該先派幾個人去探探。」

大家聽他言之有理，紛紛點頭。

「破天劍」班魯搶得更快：「我們華山願做馬前小卒，先去探個虛實。」不待眾人答話，便帶著「山羊」鈕建行、「山狐狸」衛沖翻牆進去了。

陰陽子、臥雲客都在肚內恨得半死。

班魯等三人一進莊園就傻了眼。

庭院深深，屋宇連雲，大富豪的錢會放在哪裡呀？

「當然是他住的地方。」衛沖說。

「廢話！」鈕建行說。「你看得出他住哪一棟？」

「當然是最主要的那一棟。」衛沖又說。

「廢話！」鈕建行說。「你看得出哪一棟才是最主要的？」

當然該掌門人拿主意，但班魯眼睛都花了，腦袋裡更組織不出半句話。

驟見兩名華衣僕人走了過來，恭恭敬敬的行了個大禮。「莊主有請各位入內一敘。」

班魯這會兒可跩了：「你們莊主倒是個知機識相的，我們等下會對他客氣一點。」大踏步就想跟著他們行去。

「掌門，小心有詐。」鈕建行是「華山七劍」之首，江湖閱歷頗爲豐富。「大富豪的宅邸哪會沒有機關暗算？他們只怕是想引咱們入彀。」

班魯被這麼一提醒，登時止步：「叫你們莊主把最值錢的寶貝帶過來，若敢不從，哼哼！」

兩名僕人笑道：「須家莊內最值錢的寶貝就是我們兩個啦。」

班魯瞪眼：「你們值什麼錢？」

僕人道：「我們可以鑽進你的懷裡，讓你抱抱。」

班魯大呸一口：「誰要抱你們？」

「我們也可以纏你的腿、纏你的脖子、鑽你的胯下！」

鈕建行愈聽愈不對，拔出劍來，一輪快劍刺了過去。

那兩名僕人把身子一低，露出本相，竟是兩條色彩斑斕、七尺多長的毒蛇。

相柳是一條有著九個頭的巨蛇，所以整座須家莊的僕從都是小蛇妖。

班魯等三人嚇壞了，回身就往圍牆跑，鈕建行、衛沖卻跑不動，原來已被蛇纏住了雙腳。

「掌門，救命啊！」

班魯轉眼見那兩條蛇已將他倆緊緊裹住，血盆大口啃住他倆的頭顱，硬往內吞。

班魯發出哭泣似的嚎叫，翻過圍牆，跌滾在地，渾身顫抖的起不了身。

七大劍派中人聞聲趕至：「班掌門，怎麼了？」

班魯仍不停的發抖，然後就漸漸不動了。

陰陽子趨前查看：「他……已經嚇死了！」

賀蘭棲眞沉聲道：「這座莊園果然邪門，說不得，只有硬闖！」

四方混戰

相柳站在雅致幽深的庭園裡，宛如一棵珠光寶氣的瑪瑙樹。

七大劍派的人馬全都圍了上來。

相柳瞅定賀蘭棲眞，輕笑著說：「宗玄大師，怎麼率眾搶劫本莊，當起強盜頭兒來了？」

賀蘭棲眞道：「吾等只爲崔公子而來，你交人，我們走人，就是這麼簡單。」

相柳笑道：「想不到那姓崔的這麼大面子，居然勞動全武林最頂尖的劍客替他效勞。」

項宗羽道：「須莊主閒話少說，你到底放不放人？」

相柳一笑：「我倒是不堅持，但要看這個東西答不答應？」

話聲甫落，相柳已現出九頭蛇的眞身，長約三丈，通體碧青，九顆人頭面貌猙獰，還會吐出蛇信。

眾人驚得亂竄亂跳。「妖怪！世上眞有妖怪？」

須家莊的僕人們也都圍了過來，變成大大小小的各種毒蛇。

陰陽子大叫：「撤退！快撤退！」

項宗羽早有血戰群妖的經驗，喝道：「大家毋須驚慌，妖怪最怕人間的寶刀寶劍，只管殺上去就對了！」

展開湛盧寶劍，率先攻向九頭巨蛇。

「劍神」呂宗布怎肯落於人後，一領太阿神劍，接連九劍刺往九顆人頭。

青城掌門傀儡生抽出鎮派之寶——干將寶劍，扔給了「劍怪」程宗咬：「今天你不用劍也不行了。」

程宗咬接了劍，立即加入戰團。

武林三大劍客圍住了相柳，展開兇險激烈的廝殺。其餘眾人的兵刃雖非頂級，也屬一流，用來對付那些小妖怪綽綽有餘。

相柳的道行超過萬年，然而湛盧、太阿、干將這三柄絕世寶劍實在太過鋒利，讓他心生忌憚。而三大劍客縱然從未聯手對敵，但頂尖劍客的直覺，令他們就像曾經練習過千百遍，三柄劍有時化爲三千柄，有時又合成了一柄，攪得相柳手忙腳亂。

急切間，又看見兩條黑影鬼鬼祟祟的朝客房走去，卻是俞燄至與夕陽使者。

相柳氣得大吼：「第五公子，你也想來混水摸魚？」

原來俞燄至也得著了消息，知道崔吹風就是火琴，當然意圖染指。

項宗羽一看見這中原五兇背後的主使者，便撇下相柳，衝了過去。

日間，俞燄至被他刺傷了右掌，眞是舊恨未平，新仇又起，抽出赭鞭、藥鋤迎頭痛擊。

相柳則虛晃一招，跳出戰圈，擋住了夕陽使者。

呂宗布、程宗咬猛可間沒了對手，都是一呆。

「那兩個是什麼人，竟比咱們還重要？」程宗咬不爽。

呂宗布一指後方：「可又來了兩個。」

程宗咬回頭一看，一高一矮兩名和尚也趁著夜色，悄悄逼近客房。

程宗咬道：「崔公子一定被關在客房裡，大家都想來搶。」

呂宗布、程宗咬趕了過去，攔住那兩人：「和尚不去吃齋唸佛，跑來蹚什麼渾水？」

兩名和尚笑道：「我們什麼都吃，就是不吃齋。」

甭提，這兩人就是段思酒與段思肉了。

呂宗布、程宗咬不知他倆的來歷，好心勸告：「此處乃是非之地，兩位最好早點離開。」

高和尚段思酒板臉道：「我們正是來尋是非。」

矮和尚段思肉笑嘻嘻的說：「是非愈多愈好。」

程宗咬欸了一聲：「原來也是來搶崔公子的。」

呂宗布一抖太阿神劍：「你們若不聽勸，休怪我們不客氣。」

段思酒、段思肉面露冷笑，突然一起在自己的左臂上割了一刀，登時血流如注。

程宗咬驚道：「喂喂喂，你們不走也就罷了，用不著自殺啊！」

兩名和尚又一起從懷裡掏出了一個碗，將左臂流出的鮮血裝在碗裡。

呂宗布皺眉道：「這是在幹什麼？」

賀蘭棲眞遠遠看見，高聲提醒：「注意，他們要施展『血海神功』，快退到三丈開外。」

大理段氏崇拜「大黑天」，是觀音菩薩的憤怒相，手中捧著一碗盛著「四魔」的血。崇聖寺依這原理，發展出「血海神功」，極陰極寒極毒，一旦運功施展，把鮮血迫成黑漿，潑灑出去，方圓三丈內的人畜必亡。

他倆日前曾來搶奪火琴，只是探路而已，今日查訪得實，志在必得，所以一出手就用上了最厲害的殺著。

幸虧賀蘭棲眞先行識破了他們的伎倆，呂宗布、程宗咬雙雙後躍，仍嚴密的觀察他們的行動。

庭園中竟成了四方混戰、對峙之局。

相柳施展「千旋萬轉掌」，將夕陽使者逼退幾步，乘隙往園中望去，自己手下的小妖已被七大劍派中人殺得差不多了，心知再這樣下去，若不與一方結盟，今晚決難討好，便即高聲道：「兩位段兄，我對大理一向友善，也一心想助大理完成霸業，現在火琴已在我手中，只要我們齊心協力打退這些惡人，我就帶著火琴投奔大理。」

俞啖至冷哼：「無恥！」

相柳大笑：「總比你幫助儂氏那土豪，好得多吧。」

段思酒停住逼向呂宗布、程宗咬的步伐：「我們怎麼知道你是眞心的？」

「我相柳指天誓日，決不反悔！」

段思肉笑道：「好，我們姑且相信你。你要我們怎麼做？」

「先打退那兩個儂氏的幫手再說。」

大理段氏早就與廣南儂氏不睦，相柳提出的方案正中下懷，兩人便捧著血碗朝俞啖至走來。

項宗羽此時正被俞啖至逼得險象環生，段思酒、段思肉卻成了他的救星。俞啖至頗為忌憚他倆的「血海神功」，只能暫時撤招，全神戒備。

項宗羽緩過手，一頭撞入客房。

崔吹風窩在床上，抱著被子發抖：「外面怎麼啦？到底是在打什麼？」

項宗羽道：「大家都在搶你呢！」本想將他揹出房外，又覺得此舉反而會讓他落入險境，不由沉吟未決。

異業結盟的典範

屋外，俞啖至何等精明，暗忖：「情況如此複雜，他們合縱，我便連橫，給他來個『驅虎呑狼』。」便即高聲叫道：「咱們最終的目標都是稱霸中原，所以我們現在應該先聯手除掉這些中原的劍客才對。」

相柳因手下小妖被劍客們殺得十不存一，正自心痛，這提議不免讓他心頭一動：「如果先除掉了這些劍客，便只剩下俞啖至與夕陽使者，並不難對付。」當即收起了攻向夕陽使者的眞氣。

段思酒也尋思著：「那些寶劍劃來劃去的，確實煩人。不小心被割著了，不死也半條命。」

段思肉則心癢不已：「那些劍都是稀世珍品，若能搶幾柄過來也挺不錯。」

幾人轉著同樣的念頭，一起朝七大劍派逼近。

賀蘭棲眞衡情度勢，己方大大不利，悄聲分派各人任務之後，呂宗布、程宗咬便挺劍直取俞啖至；雁蕩掌門逍遙子、青城掌門傀儡生與「鐵拳」霍連奇則敵住了相柳；賀蘭棲眞自與王屋、峨嵋派的精英對付段思酒、段思肉；其餘的各派弟子俱由終南掌門臥雲客、羅浮掌門陰陽子率領，圍攻夕陽使者。

依照賀蘭棲眞的想法，因爲現在是晚上，夕陽使者應該是最弱的一環，如果能夠先拿下他，勝算必增。

不發火的琴

項宗羽見屋外戰得激烈，正想衝出去幫忙，突地瞥見房中角落放著一具舊琴，靈機陡現，忙把那琴放在崔吹風面前：「快彈！」

崔吹風一怔：「你現在要我彈琴了？」

「沒錯，快彈！」

崔吹風展了展十根手指，輕快的彈奏起來。

項宗羽望著窗外，期待大火燒起，但聽他彈了半天，竟連一顆小火星也沒出現。

心眼如針眼

庭院中戰得愈形激烈。

呂宗布、程宗咬被俞踐至打得節節敗退；逍遙子、傀儡生、霍連奇也不是相柳對手，勉強支撐而已；段思酒、肉兩兄弟施展起「血海神功」，逼得賀蘭棲眞等人只能在外圍打轉；只有臥雲客、陰陽子所領導的圍攻夕陽使者的這塊戰場有點希望。

但陰陽子存著打混的心，不但不出力，還亂發指令，使得三十多名各派弟子各自爲戰，發揮不出什麼效用。

終南派的「必殺劍」宋終久戰夕陽使者不下，心道：「我們三十多人聯手連一個人都打不過，將來傳揚出去，我還有何面目在江湖上行走？」

覓得一個自以爲是的空檔，從夕陽使者的左側直進，一劍刺向他脅下。

劍術高低端看時機掌握得對不對，該退反進、該進反退，都是自尋死路。

夕陽使者一眼便看出他是個庸才，故意讓他衝得更進來，忽一反掌，「夕陽西沉」打在他肩上，頓時半邊癱瘓，軟倒在地。

其餘眾人都忌憚夕陽使者的本領，不敢伸出援手，連終南掌門臥雲客都袖手旁觀。

夕陽使者搶前一步，再一掌朝宋終頭頂蓋下。

劍光驀然閃耀，刺向他後背必救之處，他只得回身禦敵。

是「劍神」呂宗布。

五月間，「箭神」文載道射落了太陽使者祭起的太陽鏡，並使得他們功力盡失，呂宗布便與高麗公主梳雲聯手在地面上將他們屠戮殆盡，只剩夕陽使者逃得性命。

今晚再度相遇，夕陽使者自然誓報血仇，聚足全身眞力攻來。

呂宗布之前已有對敵太陽使者的經驗，身形一低，蛇般的滑了開去，並順手拉起宋終，擋在他面前，邊道：「你快退到一旁去。」

豈料這宋終的心眼比針眼還小，不但不感激，反而覺得他有意讓自己喪盡顏面，居然一劍刺向呂宗布背心。

這一下變起肘腋，又是從背後偷襲，呂宗布萬難逃過一劍穿心之噩運。

劍光又一閃！

宋終的劍還沒刺入呂宗布心窩，自己的心窩已被一柄劍洞穿。

是「拂風擺柳」江尚清。

俞啖至怪笑：「他們自己有矛盾，我們快加緊攻殺！」

七大劍派這一方，經過宋終這麼一陣瞎攪和，使得賀蘭棲眞指派的陣形全都亂了套，只剩下被對方逐個痛擊的分兒。

程宗咬獨戰俞啖至，雖然干將寶劍鋒利，讓俞啖至縛手綁腳，但久戰之下，俞啖至的體力完全沒有耗損，程宗咬畢竟年事已高，累得喘吁吁，手稍一緩，被俞啖至的藥鋤搶入內懷，鋤在胸口上，鮮血狂噴。

呂宗布趕忙衝過來護住他。

你快生氣啊！

項宗羽眼見院中的情勢愈來愈危急，崔吹風的琴聲依舊毫無作用，猛然想起音兒說過，他必須要在生氣的時候彈琴才行，便跳過去掐住了他的頸子，破口大罵：「你這個沒用的窩囊廢，當初在牢裡就該掐死你！」

崔吹風心中也急，但就是發不出脾氣，可憐兮兮的望著項宗羽。

庭院中，七大劍派已成散沙，賀蘭棲眞忙叫：「大家盡量聚攏，縮小成一個防守圈……」

他話還沒說完，段思酒碗裡的黑血已潑了過來，半邊臉都被潑中，身形一晃，險些倒地。

「師父！」王屋派的弟子們趕來扶住他，但見他臉上一片紫黑，顯然已中了奇毒。

客房內，項宗羽急得扭住崔吹風的衣領，貼著他的臉大吼：「你知不知道，你的心上人音兒姑娘被他們欺負得好慘？」

崔吹風得知音兒下落，忙問：「她還好吧？」

「好個屁！她被他們打得重傷吐血，躺在客棧裡，此刻還不知有沒有命在？」

崔吹風一聽此言，禁不住心火直冒，雙手用力往琴弦上一揮。

俞燄至等人正攻得順手，突聞「咔」地一聲爆響，庭院中的樹木全都起火燃燒。

相柳這才發現自己的愚蠢，沒有及早控制住那個最關鍵的人物，但後悔已來不及了。

火勢延燒得比風還快，所有的亭臺樓閣眨眼都陷入火海，相柳心痛自己的財物就將付諸一炬，厲嘯連連，運起十成十的「千旋萬轉掌」搬水滅火。

他這功夫比不上「水漫天」，且火已燎原，又都是木造建築，這邊滅了，那邊又燒過來，饒他本領再強也無法控制。

俞毯至抽身衝入客房，已不見崔吹風與項宗羽的蹤影。庭院中，段思酒、段思肉受不了大火炙燒，早已逃之夭夭；夕陽使者獨木難支，也只好退到一邊。

青城掌門傀儡生扛起老徒弟程宗咬，下令：「護好賀蘭掌門，咱們撤！」呂宗布也扛起了賀蘭棲眞，與眾人一起翻出牆外，項宗羽已揹著崔吹風在外等待。眾人一口氣奔出十幾里，回眼只見熊熊大火籠罩住整個須家莊，騰滾的黑煙遮住了半壁天空，木屑在火燄中亂噴亂濺，恐怕連一根柱子都不會留下來。

連逢殺陣

眾人出了金陵城，走沒多久，賀蘭棲眞便道：「放我下來吧。」

呂宗布聽見他氣息微弱，趕緊把他放在地上。

一百一十二歲的老劍客臉已全黑，只剩下了一口氣：「其實我早已算到自己活不過今年……哈哈，算得眞準……算得眞準……」頭一歪，就此氣絕。

王屋派弟子放聲大哭。呂宗布默默向眾人行了一禮，又朝江尚清道了聲謝，便扛起師父的屍身，率領師兄弟們離去。

傀儡生放下程宗咬，見他面如白紙，昏迷不醒，顯然傷得不輕，不由紅了眼眶：「老傢伙，你可別死，我最喜歡的徒弟還是你……」

程宗咬倏地睜開眼睛：「師父，原來你這麼肉麻！」

傀儡生氣道：「你還是死了好！」

此時天已微明，忽見一條嬌小的身影從林中奔出，卻是音兒。她心懸崔吹風的安危，不願在客棧枯等，勉強撐持著奔來接應：「崔郎，你沒事吧？」

崔吹風急問：「妳的傷怎麼樣了？」

「還好……」音兒感激的抓住項宗羽的手。「你果然是個大俠！」

逍遙子道：「咱們還沒脫離險境，不要放鬆得太早。」

果不其然，俞燄至和夕陽使者又追了過來：「把火琴留下！」

逍遙子當機立斷：「宗羽，你護著崔公子與宗咬快走，崔公子太重要了，絕對不能落入歹人之手。」

項宗羽兀自猶豫，傀儡生也道：「你們沒聽見嗎？快走！把干將還給我殺妖怪。」

音兒便把程宗咬懷中的寶劍拋了過去。

逍遙子、傀儡生、金頂仙率領子弟與「鐵拳」霍連奇聯成一條防線，羅浮派掌門陰陽子和終南派掌門臥雲客並未加入，怔怔的瞅著項宗羽等人離去，心中不知打著什麼主意。

破滅的愛情

項宗羽揹著程宗咬，崔吹風一手扶著音兒，一手抱著琴，逕往北奔，不久便來至大江邊上。

天已大亮，不利逃亡，項宗羽望見一座小丘下有個山洞：「大家都累壞了，先躲進去休息一下。」

四人剛剛安好身，崔吹風就把懷裡的琴往地下重重一摔。

音兒一楞：「你怎麼啦？」

崔吹風賭氣道：「我居然變成了大家爭搶的對象，還有人爲我受傷，甚至丟了性命。唉，怎麼會變成這樣？我以後不再碰琴、不再奏樂了！」

音兒大叫：「這怎麼可以？」

「我的靈魂就是火，會燒掉所有的東西！我根本就是個只會搞破壞的人！」

項宗羽道：「你別忘了，人類有了火，才有文明。」

崔吹風哼道：「什麼文明？不過能把東西煮熟了吃，有什麼了不起？」

音兒緊握他的手：「冷的時候還可以取暖啊。」

她話說多了，又有點喘息。

崔吹風急道：「妳快躺著，多休息一下。」

項宗羽忙著給程宗咬處理傷口，音兒自理調息。

崔吹風望著地下的琴，又覺得它太可憐，重新抱回懷中。

音兒此刻安了心，很快的就驅走胸中的積鬱之氣，漸漸神清氣爽，但她猛然想起，父親共工還不知道相柳叛變，萬一相柳跑去安南暗下毒手，父親可不危險了？

如此一想，簡直片刻都坐不住，立時跳起身來就往洞外走。

崔吹風忙問：「妳幹什麼？」

「我要趕去大瞿越警告父親！」

大瞿越？崔吹風雖沒聽過這地方，但對於現在的他而言，頗具吸引力：「我跟妳一起去。」

音兒反而一楞。

崔吹風道：「我只想跑到一個遠遠的地方去躲起來。音兒，妳……不會趕我走吧？」

「當然不會！」音兒又緊握他的手。「但是你躲起來，然後呢？」

「沒有什麼然後，我就把我娘接來，一起躲上一輩子。妳喜歡聽我彈琴，我就只彈給妳一個人聽。」

「你就這麼甘於平凡，永遠都不出現在世人眼前？」

「我本來就是個平凡人，也只想做個平凡人。」崔吹風誠摯的說。「只要有一個我愛、也愛我的人，就夠了。」

音兒激動的倒在他懷裡，她何嘗不嚮往這種日子？

然而，一想起父親，她的心就沉了下去：「崔郎，你是火，我是水，我們兩家本是世仇，我爹不可能同意我們……」

愛情讓人勇敢，崔吹風一挺胸膛：「我去說服他！」

「崔郎，沒這麼簡單。」音兒不得不吐實：「有件事情一直瞞著你：我這次出外，本是爲了替我爹尋找火琴，因爲他想藉此稱霸天下。你若去了，一定又會被他抓住，到時候，唉，我怎麼辦？」

崔吹風心頭猛震：「原來妳說妳喜歡我，都是假的？」被騙的感覺瞬間充滿胸口，純眞的愛戀之情被擠得無處容納，泡沫般的破滅了。他面如死灰，連連倒退。「原來妳也跟那些人一樣，只是想利用我？」

音兒急道：「不！當然不是這樣！崔郎，你聽我說……」

就在這時，相柳的聲音遠遠響起：「大小姐，別躲了，妳已經受了傷，快出來讓我替妳療傷。」

他的聲音愈來愈近，渾厚的音波震得長江水面都起了粼粼波紋。

事態緊急，音兒無法再跟崔吹風多做解釋：「萬一被他找來這裡，我們全都是死路一條。」

項宗羽拔劍在手，準備最後一搏。

音兒暗想：「他一人決非相柳對手，他若抵擋不住，崔郎與程老頭兒也死定了。」當下做出決定，往洞外走去。「你們先別動，我去誘開他。」

項宗羽道：「妳有傷在身，如何使得？」

音兒一笑：「你們放心，前面就是大江，我只要一入水，他再厲害也奈何不了我。」

音兒潛身走離山洞幾十丈遠之後，才跳起身來高叫：「老妖怪，你背叛我父親，看我會不會去跟他告狀。」

相柳顯然急了：「小賤婢，我非殺了妳不可！」

音兒順著江岸逕往西奔，逗得相柳緊追不捨，覷他逐漸逼近，方才哈哈大笑：「老妖怪，你敢跟我到水裡玩一玩嗎？」

縱身往江內一跳，剎那間沒了蹤影。

相柳厲喝：「我還怕了妳不成？」也「噗通」一聲，躍入江中。

又被掐脖子

項宗羽又等了一會兒，方才揹著程宗咬走出山洞。崔吹風仍呆坐不動，他被音兒的一番話弄得心神俱喪，已忘卻身之所在。

項宗羽厲聲道：「現在不是煩惱的時候，快走！」

崔吹風沒情沒緒的跟著項宗羽朝東亂走，沒能走出多遠，又見段思酒、段思肉迎面而來：「好咧，得來全不費功夫。」兩人又取出血碗，準備運起「血海神功」。

項宗羽放下程宗咬，二話不說的猛攻而上，他知道必須以快制敵，否則等他們碗中的毒血起了作用，可就更難纏了。

段思酒、段思肉的拳腳功夫也很紮實，一邊運功，一邊阻擋敵人的攻勢，尚能遊刃。此時，程宗咬略微清醒過來，催促著說：「崔公子，你快彈琴啊！」

滿心頹喪的崔吹風把琴放在腿上，行屍走肉般的彈著琴，奏出來的音符零零落落，全無作用。

項宗羽大叫：「掐他脖子！掐得他生氣！」

程宗咬勉力爬起，雙手扼住崔吹風的咽喉：「喂，我要掐死你嘍！我掐、掐、掐！喂，你快生氣嘛！你為什麼不生氣？」

失了魂的崔吹風實在無氣可生，愈彈愈乏力。

碗中的鮮血漸漸變成暗褐之色，段思肉心中不耐，率先把碗中血潑了出去，雖因時間倉促，「血海神功」尚未達到最大的效力，但項宗羽被潑中肩頸，仍然立發一陣暈眩，不支倒地。

段思酒、段思肉大步上前，正要舉掌擊碎他的頭顱。天空上猛然衝下一個龐大的黑影，撞在兩人背上，將他倆撞飛了七、八丈遠，落入江中。待得頭暈腦脹、滿肚子水的爬上岸，那黑影已翩然消失於天際，崔吹風等人全都不見了。

「那是什麼鬼東西？」段思酒、段思肉搔破腦袋也想不出個所以然，只搔下了幾條吸附在光腦殼上的水蛭。

奇幻旅程

崔吹風緊緊抱住一根桅桿，百思不解的望著自己身處的環境。

這是一輛車嗎？怎麼卻有帆？

這是一艘船嗎？怎麼卻在天上飛？

站在尾端掌舵的那個小道士好眼熟，惶惑間腦中混亂成一團，竟想不起他是誰？

程宗咬躺在艙底笑道：「這應該就是傳說中『奇肱國』的飛車了，我這輩子能坐上一次，死也無憾。」

小道士笑道：「程老俠，你們為何如此狼狽？」

崔吹風老是記不住人臉的形狀，但對於聲音的記憶極佳，聽出他是「五印國師」莫奈何。

「唉喲，小莫道長，原來是你？你怎麼會出現在這裡？」

莫奈何苦笑不答。

他癡戀梅如是，但自慚形穢，只能悶在心中。然而，十月間在敦煌勇敢表白了自己的心意之後，就不太敢面對她，又因顧寒袖前程似錦，他二人匹配，當然是段好姻緣，萬一梅如是對自己產生了好感，那豈不是反而誤了梅如是的終生？

他思前想後，覺得自己再留在開封不但多餘累贅，而且有害無益，不如出外流浪，將感情付諸山水。

他有一輛奇肱國製造的飛車，彈指之間便能遨遊萬里，不料胡亂飛到此處，恰巧救下崔吹風等人。

崔吹風又問：「是那梅大將請你來救我們的嗎？」

莫奈何還未及答言，他背上的葫蘆裡就發出一個女人的聲音：「梅大將、梅大將，說來說去都是什麼梅大將，煩不煩哪？」

崔吹風嚇了一大跳：「你……這葫蘆怎麼會說話？」

「因為他那葫蘆裡藏了隻妖怪。」項宗羽內功精湛，逼住了毒性，已可勉強挺身坐起。

「你可別去招惹她。」

崔吹風更奇了：「能夠躲在葫蘆裡？這妖怪只有多大？」

「她是個由櫻桃變成的妖怪。當年因爲生長在樹上的位置絕佳，得以盡量吸收日月精華，七千多年下來，一顆小小的櫻桃竟變成了西瓜般大，並且修得了一些成果，可以化爲三種人形，到處搗蛋做怪，但她的眞身只有六寸，住在葫蘆裡正好。」

崔吹風又問：「那她爲何要跟著小莫道長？是被小莫道長降服了嗎？」

那葫蘆呸道：「憑他也能降服我？我只是跟他……意氣相投罷了。」

項宗羽一笑，不再往下說。

其實這櫻桃妖的想頭可複雜了，她雖已修鍊成精，但仍嫌不夠，還想多多吸取男子的元陽，以更上一層樓，其中尤以處男的元陽最爲滋補寶貴，一個處男可以比得上一百二十五萬個隨意亂噴亂射的爛貨。

後來她碰到了莫奈何，一眼就看出他是個百分之百的處男，當然想盡辦法去勾引他，然而直到今天還未能得手，她只好死死的跟定他，還要千方百計的保護他不受別的妖怪荼毒、不受別的姑娘誘惑。

但她的道行有限，膽子又小，既怕水、又怕火，又怕寶刀寶劍、和尚道士，有時候反而需要莫奈何來保護她。

一人一妖處在一種極其微妙的狀態之中。

莫奈何好不容易弄清楚崔吹風等人遭遇到了什麼事情之後，便問：「項大哥，那現在咱們要往何處去？回雁蕩山嗎？」

「掌門人不知怎麼樣了？」項宗羽憂心如焚。「現在回去也沒什麼用。」

莫奈何想了想：「我家住在括蒼山腳下，離雁蕩山不遠，不如先到我家去養傷。」

莫奈何回老家

括蒼山下的「莫家村」是方圓五十里內最臭的地方。

村裡全是養豬戶，百多戶人家養了上萬頭豬，想要嗅點清淨之氣簡直比登天還難。

莫奈何為免驚世駭俗，把飛車藏在村外，再與崔吹風一起扶著項宗羽、程宗咬回到老家。

這是一間木板快要爛光的木板房，還好屋頂的茅草勉強遮住了廚灶部位，總算保留了一絲絲「家」的味道。

才一進門，莫奈何的爹娘就咋唬開來：「你這死鬼東西，快一年沒回來了，在外頭野些什麼呢？」

莫奈何陪笑：「就是到處逛逛，增長見識嘛。」

莫奈何的爹叫作莫仇問，偏偏什麼都要問：「你那師父提壺道人已經回到了山上的『玉虛宮』，竟像得了失心瘋，整天胡言亂語，怎麼回事？你那些師兄都不見了，怎麼回事？你已經不小了，不帶姑娘回家，卻帶了三個男人回來，怎麼回事？」

莫奈何無法介紹他們三人的身分，只得瞎說矇混。

莫奈何的母親被村人稱作「十八娘」，她只關心一件事：「你到底要不要娶妻生子？」

莫奈何出外流浪，就是怕想到這個問題，如果沒有梅如是，他絕對不可能跟誰成婚。被母親逼得急了，猛地靈光一閃：「我去撒泡尿，回來再說。」

莫奈何跑到豬圈後頭，把葫蘆塞子一拔，向內大喊：「喂，出來幫個忙。」

六寸大的櫻桃妖懶洋洋的爬到他肩膀上坐著：「幹嘛呢？」

「要妳假裝成我的老婆。」

櫻桃妖把眼一瞪：「爲什麼要假裝？做你眞正的老婆不好嗎？」

「唉，現在別扯這些，先幫我過我爹娘這一關。」莫奈何略一沉吟。「我先去做個開場白，妳等下再進來。」

莫奈何返身入了家門，對父母嗐道：「我剛才尿急，沒聽清楚你們說什麼，其實我早就已經有相好的了。」

莫仇問、十八娘大喜過望：「就知道你小子有辦法，這次有帶回來嗎？」

「有有有，就在外面。」莫奈何向外呼喚。「洪櫻桃，進來吧。」

櫻桃妖在外聽見，腦中轉動著壞主意：「哼，只要我假裝，不當眞的，我就讓你出醜出個夠。」

她已練就三種造型，一種是十六、七歲的少女，美豔無比；一種是三十左右的少婦，妖嬈無匹；還有一種是四十多歲的大娘，粗壯無敵。

照理說，她應該變成少女造型，她偏不，身子一搖，變成了那粗壯大娘，一搖三擺的進了莫家門。

莫仇問、十八娘滿心期待著一個清純少女，不料走進來的卻是一個目如牛卵、鼻若火爐、口似血盤、滿嘴獠牙，屁股渾似水缸，臂膀如同橡樹根的母夜叉！

莫仇問、十八娘驚呆半晌。「這……這位就是洪櫻桃？」

「正是奴家。」櫻桃妖盈盈一禮，差點把門板都撞塌了。「奴家拜見公公、婆婆。」

莫家二老更驚。

什麼？已經叫起了公公婆婆，還得了！

莫仇問忙問：「你們有……那個嗎？」

「早就『那個』了。」櫻桃妖假做嬌羞。「奈何很纏人，一天都要『那個』好幾次呢！」

莫仇問跳腳：「我不是問『那個』，是問你們已經拜過堂了嗎？」

「當然，我跟奈何情投意合。」櫻桃妖摸著肚子。「而且奴家已經有了。」

十八娘悶哼一聲，就此暈倒在地。

莫仇問面向莫奈何大罵：「你怎麼不先經過我們同意？你在外面亂搞，我們可不認！」

櫻桃妖雙手插腰，眼瞪如鐘，暴喝如雷：「莫大叔，你說什麼？你兒子糟蹋了我，你們還想賴帳？我告訴你，事已至此，誰都別想破壞我跟奈何的山盟海誓！」

莫奈何在旁早已氣炸了，又不能辯解什麼，只得揹起程宗咬：「崔公子，你扶著項大哥，我們去找大夫看病。」

如此醫館

莫奈何當先走到一間磚頭都快坍光的磚房前：「左富貴大爺在嗎？」

一名胖嘟嘟的中年人出現在門口：「唉喲，摸奶何，你回來啦？」

崔吹風暗笑：「小莫國師的小名竟然叫作摸奶何。」

「有兩個病人要給你瞧瞧，一個有外傷，一個中了毒。」

程宗咬細瞅那磚房，實在不像個醫館，悄聲問道：「這大夫行嗎？」

莫奈何輕咳兩聲：「鄉下小地方，當然沒有像樣的大夫，但這左大爺算是挺不錯的。」

說起這左富貴確實非同小可，因爲他是當今天下最棒的獸醫，尤其會醫豬，所以有個外號叫作「豬王」，在很多村落都設有據點。他還當過一年多的「行屍」，只是他自己不知道罷了。

左富貴略瞧了瞧兩人的傷勢、症狀：「不難醫，沒事兒。」從瓦罐裡取出一些黑糊糊、焦黏黏的東西，塗在程宗咬的傷口上；又從陶罐裡拿出幾顆發了霉的藥丸，塞入項宗羽嘴裡。

莫奈何忽然想起：「《山海經》裡有記載，中曲之山有種樹木，名叫櫰木，樹形像棠，圓葉子，紅色的果實跟木瓜一樣大，吃了這種果子就能增強體力，用它來治傷，有用嗎？」

「你別亂出主意，那種東西吃多了，男人會不舉，女人變男人。」

莫奈何心中一動，還想追問，赫見屋外聚集了一群村裡的小孩，大聲笑鬧著：「摸奶何娶了個大奶婆，以後有得摸了！摸奶何娶了個祖奶奶回家……」

原來櫻桃大娘成爲莫家媳婦的事情早已傳遍了全村。

莫奈何氣得很想衝出去砍人。

正亂間，有人高喊：「仇樂老爺來了！」

緊接著就見一個乾癟癟的老頭兒走了過來，村人紛紛讓路。

崔吹風一見此人，極爲不悅的童年回憶立即翻湧上心頭，當年禁止崔家演奏音樂，又掌摑他父親，強迫他奏哀樂的縣令就是此人。

不料現在他已退休了，老家正是莫家村。

崔吹風低聲問道：「他是你們的族長嗎？」

「他不是族長、不是村長，算是我的遠房堂伯吧。」

只見他走到磚房前，恭恭敬敬的跪下：「草民拜見國師。」

村民們都嚇壞了！

這莫仇樂當過縣令，在村中的地位自然很高，他竟給莫奈何下跪，還叫他國師，這是怎麼回事？

莫仇問、十八娘都被這陣騷動逗引得跑了過來。「堂兄，你給我家小子下跪？你沒瘋吧？」

莫仇樂反而意外，悄聲道：「我還以為你們早就知道了。」

「知道什麼？」

「令郎是五印國師，大宋、大遼、夏國、高麗、于闐的國師！」

五印？一印就夠壓死人，他有五印？

村人們統統都跪下了。

櫻桃妖大剌剌的站到場中央，雙手插腰，瞪眼如蠻牛：「剛才誰說我是大奶婆啊？

誰？給我站出來！」

一個十一、二歲的小伙子被同伴推搡出來，滿臉驚恐，渾身發抖。

櫻桃妖拍了拍他的頭：「這外號取得眞好，你們如果能取個更好的，老娘重重有賞！」

婆婆賺到了

莫家的晚餐從來沒有這麼豐盛過。

莫仇問、十八娘呆呆的望著櫻桃妖從那破爛不堪的廚灶端出一盤盤大菜，眞不知她是如何辦到的？

「公公婆婆，這都是奴家的孝心。」

莫仇問連聲道：「眞香眞香，一定好吃。」

十八娘連聲道：「妳這媳婦兒眞有辦法，自從我嫁到莫家之後，就沒吃過這種大菜。」

「希望公公婆婆滿意奴家的手藝。」

「一定滿意！」

莫家二老就要開動。項宗羽、程宗咬都在左富貴的「醫館」養傷、療毒，所以就只有崔吹風在座，也想跟著大快朵頤。

莫奈何滿心疑惑：「你們先別吃。櫻桃，妳出來一下。」

櫻桃妖慢吞吞的跟著他走到外面。

「我家什麼食材都沒有，妳快招供，那些大菜都是怎麼來的？」莫奈何質問。

「我變的囉。」櫻桃妖打呵欠。

「用什麼東西變的？」

「不告訴你。」

莫奈何偶一轉頭，發現豬圈裡的餿水桶都空了，大驚：「妳……把餵豬的餿水都變成了大菜？」

櫻桃妖噗哧一笑：「唉喲，幹嘛這麼大驚小怪，反正吃進胃裡還不都是一樣？」

莫奈何衝進屋內，那三人已快吃光了，還一面抹嘴喳呼：「好吃好吃眞好吃！」

莫奈何一口氣憋在胸口，幾快暈倒。

十八娘拍著身邊的椅子：「好媳婦，來，坐在我旁邊。」

櫻桃妖忸忸怩怩的走過去，大屁股只坐半邊。

十八娘愛憐的握住她的手：「妳幾歲啦？」

櫻桃妖反問：「婆婆幾歲了？」

「奈何他爹今年四十，我呢，三十八。」

櫻桃妖小聲道：「奴家今年四十八。」然後大笑著拍了拍十八娘的肩膀。「奴家本該叫妳小妹，現在卻要叫妳婆婆，算是妳賺到了！」

搖滾樂的由來

冬夜如刀，使人希望月亮能投下一些溫度。

莫家的木板房全無禦寒作用，莫仇問、十八娘竟不怕冷，很早就睡著了。

莫奈何在廚灶下生起了火，與崔吹風、櫻桃妖圍著取暖。

爐火劈啪作響，崔吹風滿腦子都是音兒的影子，又想把她推出去，好不煩躁。

櫻桃妖偏偏歪纏：「崔公子，彈首曲兒來聽聽吧？我好喜歡聽的哩。」

崔吹風驚訝：「妳聽過？」

「當然，我在葫蘆裡聽過很多次了。」櫻桃妖猛朝崔吹風拋媚眼。「要不，我變成少女的模樣給你看看，也許能引發你的靈感。」

莫奈何罵道：「妳別想勾引他，他可是有心上人的。」

崔吹風取了琴，毫無情緒的撥弄了幾下，可彈得荒腔走板、沒音沒調。

自從他知道自己是火神的後裔之後，就不曾忘情演奏過，因爲別人只想借用他的神通，逼他發怒而已。

莫奈何聽了一回，乾咳道：「我從來沒聽過這麼難聽的音樂。」

櫻桃妖也道：「你是怎麼啦？江郎才盡了？」

崔吹風重重一嘆：「我……心裡煩！」

櫻桃妖道：「我聽你說起過，音樂是靈魂的聲音，怎麼著，你的靈魂被那個丫頭拐跑了？」

「也不全然如此。」崔吹風懊惱著。「我現在知道，我的靈魂就是火，一不小心就會燒掉一切的東西。」

櫻桃妖生性最怕火，一聽這話，連忙坐得遠遠的，再也不敢有勾引崔吹風的心思。

莫奈何邊往灶裡添柴，邊自笑道：「火就讓它火唄，你瞅我家裡有什麼東西可以燒的？」

爐火燒得更旺，配合著冬夜裡樹的聲音、霜的聲音、星星的聲音、獸發抖鳥畏縮蟲呻吟的聲音，天籟已在其中。

「我從前就覺得音樂來自於火，沒想到中原的音樂果眞源於火。」崔吹風呆望著活潑跳躍的爐火，手指開始彈動，一串音符竄上夜空，溫度彷彿陡然間升高了好幾倍。

崔吹風來勁兒了，十根手指化作十根仙女杖，不可思議的樂章在他手下輕鬆迴旋、強擊重震。

全村的人都醒了，蹦蹦跳跳的圍住了莫家；全村豬圈裡的上萬頭豬也都醒了，跟著亂拱亂扭。

櫻桃妖擺動得幾近虛脫，仍興奮大叫：「你這眞是搖滾樂啊！」

崔吹風邊彈琴，邊訝問：「妳說搖滾樂是什麼意思？」

「他們一聽你的音樂，既搖又滾，不是搖滾樂是什麼？」

如此瘋狂了大半夜，忽見莫仇樂面色沉重的走到莫家大門外：「草民有要事稟報國師。」

崔吹風一看見他的臉，心情就從雲端墜落地面，霎時住手不彈。

莫奈何掃興的瞪向莫仇樂：「三更半夜的還有什麼要事？」

莫仇樂指著崔吹風道：「此等淫樂，實不宜在大宋國境內響起，還望國師明察。」

莫奈何失笑：「你管的事情還眞多。這音樂大家都愛聽，只要我在這裡一天，大家天天都有得聽。」

村民鬨然喝采。

莫仇樂討了老大沒趣，摸著鼻子走了，崔吹風想起父親失蹤的事兒，尋思著：「總有一天要找他問個清楚。」

我要吃早餐

一大清早，崔吹風就被一陣奇怪的聲音吵醒。

他不用探頭就看得見屋外狀況，全村人都聚集在廣場上做著各種體操，由十八娘領頭；村長莫仇飲則帶著一小隊人在山坡上跑步，莫仇問、莫奈何父子也在隊伍中跑得喘吁吁。

櫻桃妖打著呵欠道：「這個村子可奇怪了，還嫌不夠操勞嗎？」

崔吹風少年時曾有一段流浪歲月，對於各地的鄉村生活並不陌生：「照理說，養豬戶應該都很有錢，莫家村養了上萬頭豬，爲什麼每一間房子都破破爛爛的，每個人都窮得像乞丐？」

好不容易運動完畢，莫仇問、十八娘走回屋裡，迫不及待的問：「媳婦兒，早餐準備好了嗎？」

櫻桃妖嗲聲道：「早就好囉。」

熱騰騰、香噴噴的早餐已擺在桌上，莫仇問、十八娘、崔吹風競相擠了過去。

莫奈何橫身擋住大家：「這東西不能吃！」

十八娘罵道：「你在外頭有媳婦兒照顧，成天吃香的、喝辣的，回到家來卻不讓我們吃？」

莫奈何有口難言，眼睜睜的望著父母與崔吹風把那一桌食物掃得精光。

「櫻桃，妳出來！」莫奈何又把櫻桃妖帶到暗處。「妳到底想怎麼樣？」

櫻桃妖委屈的睜著大眼：「我想怎麼樣？喂，是你要我假扮你的老婆，怎麼現在反要問，我想怎麼樣？」

「我沒有要妳用餿水去害他們啊！」

「他們不都吃得好好的？我保證，一個月以後，他們就跟豬一樣又肥又壯！」

「妳……」莫奈何起手甩了她一耳光。

櫻桃妖萬沒料到莫奈何居然會打自己，楞住了好一會兒，才暴跳如雷：「你不想活了？」

莫奈何怒道：「妳想殺就殺吧，我已經懶得成天跟妳窮攪和！」

櫻桃妖氣得渾身發抖：「你這個臭豬圈養出來的臭東西，有什麼稀罕？我早就厭透你了！」

莫奈何抖得也不輸人：「彼此彼此！」

櫻桃妖轉身就走：「我再也不想看到你！你死了，我也不會去你的墳上拜！」

櫻桃妖的眼淚

櫻桃妖老馬識途的來到括蒼山腳下的一個小鎮。

年初時，她曾經在這兒賣過炊餅，騙了不少年輕小伙子，想起那時的種種畫面，不禁噗哧偷笑，但她馬上又記起，就是在這裡，她與莫奈何首次相遇。

「哼，那時沒碰到他就好了，害我白白浪費了快一年。」

鎮上只有一間簡陋的小客棧，她走了進去，又不免觸景生情，因為她曾在這客棧裡勾引莫奈何，竟未得手。

她開了間房，要了桶熱水，現出六寸眞身，跳入桶中，把幾天來的臭氣統統消滅乾淨。她在浴桶裡游泳、逐波翻滾，享受美好的時光，熱水燙著臉頰似有一絲絲刺痛，讓她想起莫奈何打她耳光的那一幕。「那個死小莫，不給我元陽也就罷了，還敢打我？也不想想這些日子我多麼照顧他，好幾次還差點賠上了性命，他怎麼一點都不感激我？這麼些日子以來，他連一句體貼我、討好我、安慰我的話都沒有，我的一片眞心都被狗吃了！」

想著想著便哭了起來，大滴大滴的眼淚把浴桶裡的水全都染紅了。

哭了半日，又把心一橫。「天下男人多得是，爲什麼非纏著他不可？」

起身穿上衣服，化身變成妖嬈少婦的造型，走出房外。

經過走廊時，看見一間客房的門是開著的，床沿上坐著一個缺了右手的獨臂人，雖不英俊，總還有點男人的樣子，便拋了個媚眼、擺了個性感的姿勢：「大哥，一個人不寂寞嗎？你叫什麼名字？」

那人道：「吳回奇左。」

「喲，好怪的名字，是姓吳，還是吳回？」

吳回奇左道：「吳回奇左。」

「你姓吳回奇左？那名字呢？」

吳回奇左道：「吳回奇左。」

櫻桃妖暗想：「他應該不是中原人，可又聽不出他說的是哪國言語。唉，管他的，反正元陽都一樣。」

「好吧，吳回奇左，吳回奇左。」櫻桃妖進了房，關上房門，坐在他的大腿上，雙手勾住他的脖子。「你想怎麼玩呢？」

吳回奇左道：「吳回奇左。」

「咳咳，只會這一句，咱們別說話了，開始動作吧。」

房門被人推開，又走入一人，這個可嚇人了，他也只有一隻手，卻生著三張臉！

櫻桃妖虎地跳起：「原來你們是妖怪？」

三臉人怪笑道：「在下名喚『魍魎』，聽說過吧？」

櫻桃妖一腳踢去，魍魎的手一翻便抓住了她的腳，再一掌拍在她頭上，登即癱軟在地。魍魎隨手從床底下取出一把夜壺，將她夾脖子拎起，塞了進去：「四個時辰之後，精魄自化。可憐妳這小妖怪，幾千年的修行只是一場春夢。」

吳回奇左笑道：「吳回奇左。」

櫻桃妖在臊臭無比的夜壺中欲哭無淚。「早知道就不離開莫家村了。」

莫仇樂露出本相

崔吹風找到莫仇樂的住處，在門外高聲道：「莫縣令在嗎？」

瘦小乾癟的莫仇樂出現在門口，一臉厭惡的表情：「你有什麼事？」

崔吹風盡量讓自己的心情平和、姿態輕鬆，緩緩道：「莫縣令，你不會認識我，但我認識你，我想問你一件事……」

「我怎麼不認識你？」莫仇樂呸道。「你是太平州崔家的人，對不對？」

崔吹風反而一愣：「你怎麼……」

「進來吧。」莫仇樂讓入崔吹風，把門關上。

崔吹風囁嚅：「我只想問問你，知不知道我爹當年爲何失蹤？」

「你父親失蹤，不干我的事。」莫仇樂轉到崔吹風背後，突用胳膊勒住了他的脖子。

莫仇樂人雖瘦小，力氣可大得很，另一隻手取了條麻繩，俐落的將他綑綁妥當。

「你想幹什麼？」崔吹風既驚又懼。

莫仇樂面露獰笑，拿出一把亮霍霍的菜刀，高高舉起，似乎就要劈下。

崔吹風想大喊「救命」，喉嚨裡已發不出聲音。

驀聞窗外有人冷哼道：「這個老小子也想爭奪火琴？」

莫仇樂警覺四望：「什麼人？」

四面的門窗都被打碎，湧進了十幾個人，竟是羅浮派掌門陰陽子、終南派掌門臥雲客與十幾名派下弟子。「崔公子，我們找你找得好苦啊。」

那日離開須家莊後，他們沒跟逍遙子等人抵擋俞錟至與夕陽使者的追擊，逕自追蹤崔吹風的下落。

莫仇樂沉聲道：「何方江湖浪人，竟敢來我們莫家村撒野？」

「老頭兒，讓開！」陰陽子大剌剌的往屋裡走，但下一刻，刀光一閃，莫仇樂的菜刀刀尖已頂住了他的胸膛。「你才給我滾出去！」

陰陽子萬沒料到一個年邁乾癟的鄉巴佬居然有這麼俐落的身手，當下楞了個結實。

臥雲客急忙發出命令：「宰了那個老東西！」

莫仇樂絲毫不懼，撮唇發出尖銳的哨音。

莫家村的機密

櫻桃妖含憤離去後，莫奈何才發覺好像失落了什麼重要的東西，後悔、憂急又擔心，在家中不停踱步，卻不知要往何處去追。

莫仇樂的哨音就在此時傳入，父親莫仇問立刻抄起門邊的鋤頭，母親十八娘則掇起飯桌旁的長條板凳，一起衝出門外。

莫奈何完全搞不清狀況，跟著他們亂跑出去。

但聽得人聲喧譁，所有的村民都手持鋤頭、鐮刀、鐵耙、鐵鏟，湧向莫仇樂的住家。終南、羅浮兩派人馬眼見他們來勢洶洶，不敢大意，暫且放過了屋中的莫仇樂、崔吹風，拔出長劍，擺開陣勢。

臥雲客厲喝道：「你們這些種田的莊稼漢子，少惹麻煩，我們可是武林七大劍派之中的頂尖劍客，取你們的性命就跟拔雜草一樣容易！識相的快回家去抱老婆、逗孩子，別杵在這兒找死！」

村民們一起大笑：「這傢伙想嚇唬誰啊？當咱們莫家村是遊樂場嗎？今天就叫你們進得來、出不去！」

村民們各揮農具，從四面攻上。正所謂「行家一出手，就知有沒有」，村民們施展出來的雖都是最基本的動作，但根基紮實，力道沉猛，顯然經過長時間的鍛鍊，隨便一招就讓敵人難以破解。

莫奈何在旁看傻了眼。

咦，那不是從小一起長大的遠房堂兄弟莫奈煩、莫奈熱嗎？怎麼鐮刀在他們手裡會開出一朵朵的花兒？

那不是堂叔莫仇常、莫仇追、莫仇方、莫仇墳嗎？怎麼耍起鐵耙比豬八戒還厲害？

再看自己的父母，莫仇問手中的鐵鋤就像薛仁貴的方天畫戟，十八娘的長條板凳更是虎虎生風，劍客們被她一打就一個大包。

村民們一輪猛攻，殺得兩派弟子叫苦連天。

項宗羽、程宗咬都還在左富貴的「醫館」裡養傷，見到如此情形，都笑著說：「用不著我們出手了。」

陰陽子見己方不是對手，覷個空檔，衝回莫仇樂家中，一把抓住還未鬆綁的崔吹風，大叫：「火琴已經得手，咱們退！」

忽聽一個聲音在他背後說：「吳回奇左。」

「毋回其左？」陰陽子不耐道：「退就是了，還管什麼往右回還是往左回？」

話沒說完，已被吳回奇左夾脖子拎起，從窗戶丟了出去，一摔十幾丈，跌了個不知天上地下。

的事情還多著呢。」

三面人魍魎也出現在廣場中，一陣亂打，折了臥雲客的劍，兩派人馬只能落荒而逃。

莫奈何莫名其妙的問父母：「難道你們練過武術？我怎麼都不知道？」

莫仇問、十八娘還未及答腔，堂兄莫奈煩在旁笑道：「你十三歲就上山修道，不曉得

櫻桃妖的懺悔

魍魎、吳回奇左進屋解開了崔吹風身上的綁縛，躬身一禮。「少主，我們來晚了。」

驚魂甫定的崔吹風又傻啦，少主？什麼意思啊？

原來黃帝世系中的「火正」祝融有個叔叔乃是顓頊之子，名叫「魍魎」，不會死，住在大荒之野；還有個弟弟叫作吳回奇左。兩人都尊崑崙山的「祝融大神」爲主公，並奉其後裔爲「少主」。

魍魎晃了晃提在手中的夜壺：「來此之前，抓了個小妖怪，做爲晉見之禮。」

屋外的莫奈何聽那夜壺中發出的號泣之聲好不熟悉，大驚道：「莫非是櫻桃？」趕忙衝入屋裡。

櫻桃妖在壺中哭嚷：「小莫救命！再過半個時辰，我就要化掉了！」

魍魎乾咳幾聲：「不知你們竟是舊相識。」揭了夜壺上的封印，放出一縷紅煙。

櫻桃妖聚攏之後，一頭撞入莫奈何懷中，痛哭失聲：「小莫，好可怕哦！我再也不要離開你了！」

莫奈何也不嫌她渾身臊臭，緊緊的抱住她，垂淚道：「好了好了，別哭壞了身體，以後就沒人替我掃墓了。」

莫奈何的祖宗

莫仇樂走回自己家中，崔吹風大著膽子責問：「你爲什麼要殺我？」

莫仇樂厲聲：「我沒想殺你，只想砍掉你那一雙手！」

「我……哪裡得罪你了？」

「你沒得罪我，是你的音樂得罪了我。」

莫奈何皺眉不解：「堂伯，有話好說，你幹嘛要這樣？」

莫仇樂拍了拍他的頭：「奈何，我不怪你，因爲你還不曉得咱們氏族的源流。」

莫奈何十三歲就被父母送到山上的玉虛宮修道，對於自己家族的事情知之甚少。

莫仇樂轉身掀起掛在牆上的一張竹蓆，露出後面的祖宗圖像，一張臉墨黑墨黑，額角高高隆起，長相十分嚴肅怪異。

莫仇樂拜了幾拜，隆重介紹：「他就是我們莫家的老祖宗——墨子！」

「墨子？」莫奈何腦中一陣迷糊。「我聽說過這麼一個人。他是個教書先生，對不對？」

「你這不肖……」莫仇樂如果不是看在他乃國師的分兒上，早就把他打趴了。「墨子姓墨名翟，我們的莫姓是取其諧音。」

莫奈何不解：「我們爲什麼要隱姓埋名？難道有仇家？」

莫仇樂狠瞪他一眼。「咱們『墨家』在戰國時代是顯學，讀書人若非儒家弟子便是墨門信徒，勢力可大著呢。咱們墨家子弟個個文武雙全，墨子老祖宗是木匠出身，很會製造各種器械，擅於城池攻防之術，小國有難，首都被圍，只要墨門子弟一登上城樓，敵人就會知難而退……」

「這麼厲害？」莫奈何傻笑。「我爹怎麼從來都不告訴我？」

莫仇樂壓低聲音：「傳說本朝太祖趙匡胤興建開封宮城的時候，就請了你的遠房伯祖莫想通去裝設了各種極爲厲害的機關，外敵想要入侵，定被殺得片甲不留！」

莫奈何興奮的問：「哇，那可有留下當時的建築圖樣？」

「當然……」莫仇樂瞟了崔吹風一眼，立馬改換話題：「咱們墨家還有一個特點，就是節儉、勤勞、樸實，莫家村的每一家其實都很有錢，只是從來都不亂花、不外炫。」

崔吹風咋唬：「我就說嘛，養豬戶應該都很有錢才對。」

「我家也很有錢？」莫奈何半信半疑。「家裡的牆壁都倒了，屋頂只剩半邊……」

「哪一家不是如此？」莫仇樂正色道。「墨門分成『談辯』、『說書』、『從事』三科，我們這一族屬於從事科，也就是負責出征、守城、勞務等事項，所以我們每天都要健身，以備不時之需。」

崔吹風恍然：「怪不得莫大叔、莫大娘都不怕冷。」

莫奈何嗐道：「怪不得我從小就要每天清晨跑上那麼一大趟。」又問：「但是堂伯，這跟你想要剁掉崔公子雙手有什麼關係？」

莫仇樂從爛書架上取下一本《墨子》，翻到〈非樂篇〉，唸著：「是故子墨子曰：姑嘗厚措斂乎萬民，以爲大鍾鳴鼓琴瑟竽笙之聲，以求興天下之利，除天下之害而無補也。是故子墨子曰，爲樂非也。」

莫奈何聽得頭都大了，直叫：「聽不懂！」

「古之帝王以禮樂治國，希望用音樂教化百姓，結果呢，不但沒有達到這個目的，反而使得百姓貪圖逸樂，甚至發展出各種淫樂，不但浪費國家資源，而且讓君民都荒廢了正事，『上考之，不中聖王之事；下度之，不中萬民之利』。你想想看，單就製作樂器一項，每年要耗費多少樹木？爲了奏樂，又讓多少年輕人不事生產、不務正業？總而言之，老祖宗認爲音樂是最敗壞人心的東西，一定要徹底斷絕！」

崔吹風皺眉道：「莫縣令，這你可說錯了，敗壞的是人心，而不是音樂使人心敗壞。」

「胡說！」莫仇樂大怒。「你可知道《樂經》是怎樣失傳的？」

崔吹風想起顧寒袖當日之言：「是被秦始皇一把火燒掉的。」

「世間傳聞《樂經》毀於當年秦始皇焚書，其實不然，秦始皇雖然禁止醫藥、卜筮、種樹以外的書，但並未把它們統統燒掉，在首都『咸陽』的『守藏室』裡都留有正本，但後來項羽率軍攻入咸陽，屠城縱火，大火三月不熄，守藏室裡的書當然也都被燒光了。」

莫奈何不感興趣的打著呵欠：「原來是項羽燒的。」

崔吹風失望：「不管是誰燒的，反正就是被燒了。」

「又不然！」莫仇樂冷笑道。「事實上是，在秦始皇搜刮天下書籍之前，《樂經》就已經很少見了，因爲當時的墨家『鉅子』——也就是掌門人——號稱『天下第一大俠』的墨必克繼承祖志，早已花錢把天下的《樂經》都買來燒了。」

崔吹風大驚：「原來是你們墨家毀了《樂經》！所以我爹一定是被你砍斷了手，或是被你殺了？」

莫仇樂一搖頭：「令尊眞的跟我沒關係，別把這筆帳亂套在我頭上。」

《樂經》出土

莫奈何帶著垂頭喪氣的崔吹風回家，一邊說著：「仇樂堂伯雖然討厭，但從來不說假話，你爹的事兒應該與他無干。」

進屋見到沒事人兒一樣的莫仇問、十八娘，莫奈何便用上了質問的語氣：「你們爲什麼從來都不告訴我，家族裡的事情？」

莫仇問忙關上門，其實四壁透空，關不關門都一樣：「奈何，你可知道墨家爲何後來逐漸沒落？時至今日，幾乎沒人知曉墨家是什麼玩意兒，原因就是墨家實在太刻苦了，沒人願意過這種苦日子。唉，當然我也知道刻苦是一種美德、是一種淬鍊，但是苦得咧，有幾個人受得了？我們生而爲墨子後代，沒辦法，不過只要有機會，我們都會把孩子往外送，在外頭當個乞丐，都比留在家裡舒服。」

十八娘道：「莫家村的規矩是十四歲開始練功，十六歲才告知家族來歷，所以我們在你十三歲的時候就趕著把你送出去。」

莫奈何慚愧的低下頭：「爹、娘，我誤會了你們的一片苦心。」

十八娘賊著眼珠四面瞅了瞅，又想去關門。

莫仇問唉道：「就別管那門了。」

十八娘爬到破破爛爛的床下，從一堆破破爛爛的廢物底下取出了一堆非常老舊的竹簡。「崔公子，你看看，你說的《樂經》是不是這個東西？」

莫仇問皺眉：「妳藏著這是什麼？我怎麼都不曉得？」

「這是婆婆傳給我的，而且是她的婆婆傳給她的。」十八娘瞪眼道。「墨家有墨家的傳統，莫家的媳婦也有她們的祕密傳統，媳婦傳媳婦，免得被你們這些姓莫的男人燒得精光。」又對崔吹風說：「這上面除了宮商角徵羽，還有許多奇奇怪怪的符號，大概只有學音樂的人才看得懂。」

崔吹風把這些竹簡排列整齊，仔細望去，果然沒有什麼經文，全都是樂譜，再照著樂譜一琢磨、哼了哼，喜得大叫：「這才叫作搖滾樂呢！」

莫奈何笑道：「原來《樂經》竟是搖滾樂，怪不得老祖宗墨子想把它燒得精光。」

群魚戰相柳

不提莫家村裡的種種荒誕，話分兩頭，卻說那日音兒引誘相柳追趕，躍入大江之中，相柳現出九頭巨蛇的眞身，騰浪而逐，聲勢駭人。

音兒暗笑：「到了水裡，就算回了我老家，看你還能贏得了我嗎？」唸動咒語，江中的大小魚兒瞬間全都聚攏過來。

「那壞人想要殺我，你們快幫幫忙。」

淡水魚多半沒有牙齒與攻擊力，但大江裡的魚兒何止億萬，集結起來足以亂人耳目。

相柳眼中充滿了鯉魚、草魚、鯽魚、白鰭豚、河海豚、刀魚、黑魚、青魚、鰣魚……所組成的魚陣，牠們雖沒牙齒，背上的魚棘來回磨擦，仍讓他辣辣生疼；還有那體型粗壯的娃娃魚，成百上千的只管往他身上壓。

音兒又召喚鰱魚：「快去撞他！」

鰱魚的頭最大，更是厲害的武器，幾千條大頭鰱聚到一處，宛若一根攻城的擂木，狠狠一撞，直令江搖岸動。

音兒再召喚擁有牙齒的鱘魚、鱸魚、鯧魚、鱔魚、鯰魚：「那條大怪蛇是魚類最大的敵人，大伙兒併肩子上，咬得他稀巴爛！」

魚兒們張開大嘴，只顧亂咬亂啃，還有電鰻雜在裡頭一逕放電、巨骨舌魚撐開巨嘴猛吞，弄得相柳遍體鱗傷，雙眼生花。

音兒趁著這機會，早已游出幾十里遠，估計相柳已追不上，便上岸稍事喘息。

身邊一聲狗叫，音兒轉頭看去，一條身軀像牛，生著一條蛇尾，脅下還有雙翼的古怪動物，正躺在岸邊打呵欠。

音兒笑道：「鯥魚，冬天已經到了，你怎麼還不死啊？」

原來這是一種住在陸地上的魚，冬天來臨就會死去，到了夏天又會活過來。

鮭魚不爽的說：「我正在這兒等死，妳別來打擾我。」

音兒道：「我就一直不懂，你明明是條魚，爲什麼要住在陸地上？你要知道活在水裡愜意得多，陸上可危險了，各種各樣的走獸都喜歡吃你這種肥胖胖的東西，天上的大鳥也喜歡吃你這種肥胖胖的東西，人類更喜歡吃你這種肥胖胖的東西……」

鮭魚怒道：「我不喜歡住在水裡，就是因爲水嘩啦嘩啦的很吵，不料上了岸還要聽妳這水神女兒的嘮叨！」

「好啦好啦，不吵你。」音兒想起自己已有兩天沒吃飯了。「喂，這附近有沒有什麼好吃的？」

「往南有個十字坡，坡上有間包子店，挺不錯的。」鮭魚又打一個呵欠。「可以讓我去死了唄？」

人肉包子店

音兒一逕南行，走出一程，果見前面有個包子店，熱騰騰的香氣引得她肚子咕咕叫，趕快進入店內坐下：「店家，來幾個包子。」

老闆是個瘦子，睨著眼睛不說話，盡瞅；老闆娘是個胖子，倒熱情，咧開胖嘴介紹著：「我們有羊肉包、牛肉包、鹹菜包、甜餡包，都好吃，還有一種限量包子最好吃，可惜已經賣完了。姑娘一種來一個吧？」

「一種兩個。」

老闆娘的眼睛笑得跟音兒一樣瞇細瞇細：「四種各兩個，那就八個了，姑娘吃得下嗎？」

「不夠吃，再叫。」

「來點水酒嗎？」

「好咧。」

酒先上了，又餓又渴的音兒捧起碗來就想喝，但剛湊到鼻邊就嗅到一絲異味，心知這酒裡攙了蒙汗藥。「怪道這家店開在前不巴村、後不著店的地方，方便他們做黑心買賣。」又忖：「那鯥魚不老實，騙我來送死。」

音兒仍大口喝酒，全都喝到了衣服裡面去，然後就假裝趴在桌子上睡著了。

老闆娘拍手笑道：「又有限量包子的餡兒了！這個細皮嫩肉的，做出來一定挺好吃，明天要賣一兩銀子一個。」

瘦老闆走過來正想把音兒抱到後面去，外面又走入三個人，一坐下就大聲嚷嚷：「餓死了，有什麼包子只管端上來。」

老闆娘細瞧這三人，一個是雙耳都戴著金耳環的小伙子，相貌挺俊，刻意敞開前襟，露出渾身豹紋刺青；另一人是個小胖子，極像了一個毬兒，面色金紅；最後一人的屁股特別大，褲子裡好像藏著什麼東西。

豹紋小伙子一嘴細細白白的牙齒，狐疑著問：「聽附近人家說，你們這包子店生意火熱，現在怎麼都沒人？」

老闆娘陪笑道：「限量包子上午就賣完了，所以下午比較冷清。」

大屁股的冷哼道：「什麼限量包子，根本是媚俗之舉……咳，什麼餡兒的？」

老闆娘道：「這是商業機密！先來點水酒吧？」

小胖子說：「好好好，我正渴著呢。」

三人咂巴咂巴的大口喝酒，沒多久就都暈厥過去。

老闆娘笑道：「又三個現成的餡兒，明天可以賣到下午去啦。」

老闆先把這三人扛入店後，放在大砧板上，用繩索綑好。

老闆娘覷定那個大屁股的客人：「這人的褲子裡肯定藏著什麼值錢的東西。」伸手到他褲子裡一摸，卻摸到一條毛茸茸的恐怖怪東西，嚇得抽手，再半褪下他的褲子一看，登即驚呼出聲：「這個人的屁股上怎麼長了一條狗尾巴？」

落難的神仙

這三個倒楣的「包子餡」是何來路？得從崑崙山眾神開始說起。

眾神的領袖是天帝，總辦公室就在崑崙之丘，一棟金黃色菱形十二面體的建築，材質全都是從墨路斯海溝裡挖出來的水晶。

走進大門，任何人都會被那沒有一根柱子的寬廣大廳嚇呆半分鐘。天帝的大辦公室當然在最頂層，其他神祇的座位都散布在大廳裡。每個神都有一個專屬的辦公區，由一垣矮矮的短牆圈住，正如同每個人都擁有一座自戀的城。

十月裡的某一天，天帝忽然來到大廳中，要召開全員大會。

這是挺特殊的狀況，崑崙眾神有三百六十五個，硬要湊在一起開會，經常雞飛狗跳。

身軀像牛，生著八隻腳、兩個頭、一條馬尾巴的「勃皇」不滿的嘀嘀咕咕：「都快要到午餐時間了，還開什麼大會？等下少吃了兩口，誰賠我？」

澤神「延維」的身體是蛇形，生著兩顆人頭，身穿紫衣，頭戴旃冠，一副謙謙君子的模樣。一顆頭呸道：「只會吃，你還懂什麼？」另一顆頭卻道：「勃皇大哥最能認清現實狀況。」

不滿歸不滿，大家還是齊聚到大廳中央。

天帝的長相最普通，就是人的模樣，只不過肚子有點大，他手裡拿著一張長長的表單：「百年一度的考績已經核定，大家應該都已經拿到了考績單……」

八個頭的河伯「冰夷」，十六道眉毛一起皺了起來：「這已經是一個多月以前的事情，爲什麼現在還要拿出來說嘴？」

天帝輕咳：「因爲在這一個多月裡，我思考了許多事情，其中最重要的便是，幾十萬年以來，我們崑崙山雖有考績，但沒有獎懲，好啦，既然沒有獎懲，考績又有何用？」

勃皇鼓掌道：「說得好，負責打考績的那個人早就該廢掉了！」

眾神知道他就要完蛋了，都離得他遠遠的，勃皇卻還在那兒呼呼叱叱，冷不防一支尖銳的髮簪射在他的嘴角邊上，不識時務的嘮叨立時變成了痛叫。

西王母厲目白眉，滿嘴豹齒，還長了一條豹子似的長尾巴，滿頭蓬鬆的亂髮上戴著長長的髮簪與各種玉飾，激怒之時，這些可都是致命的暗器。

她走到勃皇面前，一聲長嘯，震得眾神耳鼓生疼：「你想要廢掉我？」

崑崙山的組織架構是這樣的：天帝手下有四方總管，南方是火神「祝融」，北方是海神「禺彊」，東方是木神「勾芒」，西方是金神「蓐收」；負責打考績的就是特別助理西王母，隨便一個字就能影響眾神的升遷，她還要掌管人間的災癘瘟疫與五刑殘殺。

勃皇發抖囁嚅：「這是天帝說的，不是我……」

天帝又輕咳道：「我的重點不是要廢考績，而是要擬出獎懲的辦法。」

戴著兩隻金耳環的「武羅」是個渾身豹紋的小伙子，講起話來細聲細氣，就跟他的腰肢一樣細。他露出一口白牙，笑道：「勃皇大哥的笨，眾所皆知，所以就不必懲罰他了吧。」

不料西王母瞬即轉而面對他，又厲嘯一聲：「今天這場全員大會全都是因爲你，你懂嗎？」

武羅一怔：「怎麼又有我的事？」

獸身人面的祝融騎在兩條龍的背上，冷哼著說：「若要人不知，除非己莫爲。」

「你在那兒放什麼屁？」武羅直屬中央，不歸南方主神祝融管轄，所以對他毫不客氣。

西王母罵道：「你這小傢伙鬼點子最多，再這樣下去，統統都被你帶壞了！」

「帝江」笑道：「哪有這麼嚴重，武羅帶給大家的樂趣是別人都趕不上的。」他的身體就像一顆黃色的皮球，但多出了六隻腳、四隻翅膀，滾動時會發出丹紅色的火燄，平常最愛唱歌跳舞，當然擁護活潑的武羅。

西王母的目標又變了，對著帝江一聲長嘯：「你也有分！」轉眼瞥見長著一根狗尾巴的「長乘」想溜，又發一聲嘯：「你也別走！」

這次考績的結果，就他們三個沒拿到考績單，這可是千古以來從未發生過的狀況，所以他們早就有了心理準備，只是沒想到天帝居然發出獎懲之語。

獎也就罷了，但懲，是想要「懲」我們嗎？開什麼玩笑？

西王母從袖中抖出一張長長的白紙：「武羅、長乘、帝江，你們三個的罪狀都在這裡，要我一條一條的唸嗎？」

「妳唸！」

西王母又長嘯一聲，才開始照本宣科，大家聽得呵欠連天，大意不外如此——天帝在一萬年前曾經與妖魔首領「魔尸」有過一場賭賽，因而不准崑崙眾神干涉人間事務，直至今年三月，天帝贏了賭局，方才解除這條禁令，但武羅在此期間數度幫助人類，顯有藐視天帝權威之嫌；長乘也曾在人間偷偷自立門戶，霸占土地廟，並誘導人間皇帝趙恆圈選狀元；帝江呢，一逕跟著武羅瞎起鬨，還教導宮中內侍唱歌跳舞……

沒等西王母唸完，武羅等三人就七嘴八舌的辯解。

天帝一擺手：「你們別說了，我們已經研究過，懲處並不嚴重，只罰你們到人間服勞役三個月，期滿回山，一切照舊。」

武羅強聲道：「據我所知，幾千萬年以來，我們崑崙山上只有刑天一人受過懲罰，那是因爲他打破了他的主管勾芒的腦袋……」

沒有頭顱的刑天從肚臍眼裡噴笑道：「我是折了他的翅膀，又在他臉上打了三拳。」

木神勾芒是東方總管，他是個人面鳥身的傢伙，可能因爲木頭管多了的關係，使得他的腦袋也跟木頭差不多，反應極爲遲鈍，問他三十句話，頂多只得到半句回答，多半是：「嗯，這個嘛……」

終有一日，刑天受不了了，打了他一頓，因而獲罪，被趕出天庭一段時日，還鬧出了不少風波。

武羅又道：「我們的罪行比起刑天差得遠，你們罰過頭了！」

天帝轉問眾神之中輩分最高的女媧：「妳的意見如何？」

女媧已經沉默了幾百萬年，此刻仍是半字不吐。

天帝無奈的又咳一聲：「這其中當然附有赦免的條款——你們如果在人間建立了功動，就可以赦免回山。」

武羅等三人一起質問：「怎樣才叫作建立功動？」

簡單不過的問題，卻把天帝與西王母考倒了，悶了半晌之後，西王母才道：「就是……嗯，救苦救難，慈悲爲懷，普度眾生。」

武羅跳腳：「妳這根本是剽竊佛教的經文！」

長乘哼道：「就兩個字——媚俗！」

西王母怒道：「那你們自己說，什麼才算是功動？」

「這倒奇了，反要受罰的人自己回答？」帝江蹦跳著說。「依我看，敢跟妳對罵，就是一種功勳！」

武羅轉念一想，反而笑了出來：「沒關係，三個月而已，就當我們去人間度假，才好玩呢，總比待在這裡強多了。我們走！」

三人掉頭就待離去，西王母忽在背後冷冷的拋出一句：「這三個月內，你們是沒有法力的，萬事小心哦。」

武羅、長乘、帝江大驚：「沒有法力？那我們被壞人害死了怎麼辦？」

西王母得意的長嘯一聲：「那就下地獄唄。」

「妳又偷天竺傳來的東西！」武羅大叫。「中原本來是沒有地獄的，就是因爲我們一萬年沒出世，被許多外來的鬼東西攪得昏天黑地！」

天帝輕嘆：「你們要這麼想：我不入地獄，誰入地獄嘛。」

砧板上的歌聲

現在，武羅、長乘、帝江豬玀似的被綁在砧板上，腦中同時響起天帝的這句話，都暗暗叫苦：「我們眞的要入地獄了。」

長乘罵武羅：「都是你，好好的神仙不當，跑來變成了包子餡！」

人肉包子店的胖老闆娘右手拿起菜刀，左手就摸上了武羅的大腿。

武羅怒道：「賊婆娘，殺就殺，還輕薄我怎地？」

老闆娘捏了捏他的臉頰：「小鮮肉眞俊！若不是我那死鬼在旁邊礙眼，還眞想跟你來上一腿。」

老闆娘不想再摸噁心的長乘，便去摸帝江的肥腳：「嗯，這個蹄膀好，就先拿他開刀。」舉起菜刀就想往下劈。

帝江苦著臉：「我最愛唱歌，以後都不能唱了，你們就再讓我唱一曲吧。」

「你唱。」

帝江邊哭邊唱：「我要下地獄，我要下地獄，我的身上都是油，丟到鍋裡炸一炸……」

在外頭假裝昏迷的音兒暗笑：「這人的歌聲還挺不錯的。」便也唱道：「小胖子，別慌張，救星就是本姑娘，把這黑店燒光光！」

老闆娘一驚：「那丫頭不是昏過去了嗎？快去看看，別讓她跑了。」

瘦老闆提著刀往外走，音兒已大剌剌的走了進來：「我本不想開殺戒，但你們實在太黑心了，不殺你們實在說不過去。」

右手一伸，一股水箭從中指激射而出，由瘦老闆的前額貫入、後腦透出，水濺在牆上一片殷紅。

胖老闆娘嚇壞了，跪伏在地：「姑娘饒命！」

武羅心中一動。「天帝不是要我們救苦救難，建立功勳嗎？」嘴上忙叫：「姑娘慈悲爲懷，阿彌陀佛！」

長乘大罵：「你又剽竊佛經也就罷了，還唱什麼阿彌陀佛？」

武羅笑道：「反正我跟他不熟，叫他他又不會來。」

老闆娘仍疊聲求饒，音兒哼道：「妳不是說我細皮嫩肉，一個包子要賣一兩？」

老闆娘磕頭如搗蒜：「我……都是信口胡謅……」

音兒教訓道：「妳剛才若說，一個要賣十兩，我還覺得妳慧眼識英豪，偏偏妳狗眼看人低，只賣我一兩？須饒妳不得！」手指又一伸，把老闆娘也捅了個貫腦穿。

武羅等三人尖叫喝采：「小姑娘眞厲害，我們都欠妳一條命。」

音兒解開他們的綁縛：「你們是何方人氏？」

「我們是從崑崙山來的。」

音兒心想：「崑崙山哪會住得有人？簡直胡說八道。」

帝江極爲諂媚的靠到音兒身邊：「姑娘唱歌眞好聽，能再唱一首給我們聽聽嗎？」

「你唱得也不錯啊。」音兒抓起灶上的熱包子就吃。「我餓了，你先唱。」見他們都露出噁心的表情，笑道：「你們放心，他們剛剛說人肉包子已經賣完了，這些都是正常的包子。」

幾人高高興興的吃著包子，帝江抖擻精神，邊吃邊唱邊跳，逗得音兒直笑。

忽聞外頭傳來大隊馬車經過的聲音，緊接著又有人高喊：「店家在嗎？買包子囉！」

音兒聽那聲音好熟，探頭一看，來人金髮火眼扁鼻大嘴，竟是夕陽使者。

音兒趕緊縮回頭：「你們出去應付一下，隨便賣賣就好。」

音兒出了後門，悄悄繞到店側，只見車隊當先的一輛氣派非常，裡面坐著面帶微笑的俞剡至，後面跟著的十幾輛則都是帆布蓬車，遮得密密實實的，不知載著什麼貨。

「那妖怪在得意什麼？」音兒暗犯嘀咕。「莫非那些大車中載有他的法寶？」

音兒潛行至最後一輛，從帆布的縫隙間望進去，頓吃一驚。

車內只載了兩個五花大綁的人，竟是雁蕩派掌門逍遙子與青城派掌門傀儡生，兩人蓬頭垢面，十分狼狽虛弱。

又聽前一輛蓬車中一個粗啞的聲音罵道：「混帳王八羔子，想把老爺帶到哪裡去？老爺跟你們沒完沒了！」卻是「鐵拳」霍連奇。

音兒心忖：「想必峨嵋掌門金頂仙與『拂風擺柳』江尙清等人也都被抓了。」

當初她爲了救崔吹風，跑到金陵城外的龍頭客棧求援，首先響應的就是這些人，現在他們遭到俞剡至生擒，自己豈能坐視不管？但她的傷還未痊癒，不會是俞剡至的對手；再說，她還得趕去大瞿越警告父親有關相柳背叛之事。

她慌亂的思索對策，夕陽使者已買完包子，上了馬車，率領車隊離去。

音兒回到包子店，聽見那三人在裡面咕咕噥噥的討論：「五十個包子就賺了一千五百文，這媚俗的生意挺好做的。反正老闆已經沒了，不如我們就占了這間包子店，舒舒服服的賣它三個月，期滿就可以回崑崙山了……對啊，人間太恐怖了，我們如果仍然在外面亂跑，說不定又會被做成麻辣人肉麵……都是武羅啦，盡說人間好玩，好玩個屁！」

音兒只當他們的精神不太正常，大步走進去笑道：「你們說得容易，誰會做包子？要揉麵、擀麵、做餡兒，還要黑心宰人。」

武羅等三人一聽，都像洩了氣的皮球：「還眞不懂得揉麵。」

音兒道：「我倒有一個任務派給你們——你們趕去雁蕩山，找一個名叫項宗羽的人，告訴他，他的師父與許多武林同道都被一個叫作俞燄至的人抓了，目的地應該是廣南西路儂氏的大本營。」

武羅撓著腮幫子：「趕路？我們是來度假的，這麼操勞幹嘛？」

長乘摳著臭脖子：「這裡太熱了，我只想一天洗三次澡。」

音兒氣道：「喂，你們說欠我一條命，怎麼連這點小忙都不肯幫？」

武羅等人不得已。「好吧，這應該也算是一件功勳。」

帝江不願跟他倆一起走，衝著音兒諂媚弓腰：「如蒙姑娘同意，我願意一路侍候姑娘，洗衣、打雜，什麼我都幹，只要能跟姑娘學唱歌，我就心滿意足了。」

武羅看出他愛上了音兒，悄聲警告：「你這傢伙給我仔細點，你若愛上了人間的姑娘，可就當不成神仙了。」

帝江眼中爆出夢幻的色彩：「我寧願不當神仙！」

大瞿越國

大瞿越首都「華閭」的宮殿外，正舉行盛大的巨蛇宴。

一整排篝火上架著一條兩丈多長的大蟒蛇，君臣同坐一處，用小刀割蛇肉來吃。

音兒帶著帝江到來，引發一陣騷動：「洪工的女兒來了！」

髮色赤紅的共工大喜迎接：「音兒？妳怎麼一個人跑來，妳的相柳大叔呢？」

音兒先抱著父親撒了一回嬌，才小聲道：「這些日子發生了不少事，等下再慢慢跟你說。」

共工望著跟在她身後的帝江：「這傢伙是幹什麼的？」

「他是我徒弟，想跟我學唱歌。」

「學唱歌？」共工狠瞪帝江。「你這個小胖子一臉賊相！我告訴你，你若心懷非分之想，我就把你跟那條蛇一樣，架在火上烤！」

「不敢！不敢！」帝江嚇得抱頭哭嚷，心中直喊：「沒被做成包子餡兒，倒要變成了烤肉串！」

共工帶著音兒來到大瞿越國君李公蘊面前，此人年約三十五，頗爲和藹可親，與部屬們一同歡呼暢飲，不拘君臣之禮。

這個現今叫作大瞿越的國家，在漢、唐時期被稱爲「交阯郡」或「交州」、「安南」，直接受到中原政權管轄，直至四十一年前，一個名叫丁部領的將軍統一了這塊地區，建立「丁朝」，才算正式脫離了中原的控制。

後來，手下大將黎桓篡位，建立「黎朝」，而黎朝只傳了兩代，末代皇帝黎龍鋌殘忍好殺，於今年十月間去世，他的兩個兄弟起兵爭奪皇位，掌管禁衛軍的「左親衛殿前指揮使」李公蘊掃平亂軍，在部屬陶甘沐與共工的勸說下，於一個月前自立爲帝，是爲「李朝」。

政權初立之際，當皇帝的總是比較平易近人，他跟共工、陶甘沐等幾個開國功臣幾乎不分彼此，喝醉了酒就共睡一床。

此刻，他把音兒叫到身邊，緊握著她的手，直說：「洪工，你的女兒就是我的女兒，我一定要幫她找個好夫婿。」顯然不知共工的底細，只以爲他是個勇猛善戰的武將「洪工」。

音兒笑道：「李叔，不用您操心，我已經有意中人了。」

李公蘊大笑：「爲何不帶來給我們瞧瞧？」

共工在旁聽得可不爽，找個機會把音兒拉到無人之處，追問：「妳眞的有了心上人？是個什麼樣的人？」

「唉呀，爹，先別問這些，我要跟你說件要緊事——相柳叛了！」

共工聽完音兒的敘述，七竅冒煙：「九頭蛇混帳透頂，我定要把他抓來剝皮抽筋、取膽剖肝！」

音兒見父親發怒，不敢提起崔吹風的事情，但共工暴跳了半晌之後，不可避免的追問起火琴的下落。

「這……」音兒試探著問。「爹，如果你找到祝融火琴的後裔，會怎麼樣？」

「妳應該很清楚，我要利用火琴的威力，除掉威脅大瞿越的大理段氏與廣南西路的儂氏……」

「爹，你眞的這麼效忠李公蘊啊？」

「我效忠他？」共公冷笑。「我是要利用大瞿越的兵力，一統南方，之後便要進取中原。我等了幾萬年，就在等這麼一天！」

「那麼……」音兒心中浮起一絲希望。「如果火琴能助你稱霸，你一定會善待他吧？」

共工咆哮：「我跟祝融不共戴天，我利用完火琴之後，就連人帶琴一起毀掉！」

音兒忍不住脫口：「爹，你也太不講情義了。就只會利用別人，如此稱霸又有何樂趣？你看那李叔，當上了一國之君，還是跟大家一起同樂，這樣不是很好嗎？大宋的開國皇帝趙匡胤也是如此，稱霸歸稱霸，兄弟間的情義還是照顧得周全……」

共工怒眼瞪視音兒，滿頭紅髮都豎了起來，神情煞是可怖：「丫頭，妳是在教訓我？」

「我……不敢……」

「我被祝融打敗之後，隱遁了幾萬年，這期間有誰跟我講過什麼情義？妳娘生下妳之後，生了一場大病，我到處求藥，有誰給過我一點幫助？只能眼睜睜的看著妳娘病逝。」共工恨極齜牙：「人類的社會只講權勢，不講情義或其他任何東西，妳快丟開妳腦子裡那些不切實際的幻想。」

忽聽得宮殿前傳來騷動，共工帶著音兒大步走回，正見幾個探子回報：「儂氏大軍由兩個不知名的外人率領，已逼近『飛鳳江』，顯然想要越境進攻！」

音兒尋思：「兩個不知名的將領？肯定就是俞錟至與夕陽使者了。」

李公蘊臉色一變，還未說話，另一個方向又奔來幾名探子：「報！大理段氏陳兵『躍虎江』邊，必有所圖。」

李公蘊把酒杯一摔：「我推翻黎朝是我們大瞿越國內的家務事，招惹到他們了嗎？簡直欺人太甚！」

共工上前，抓起大蟒蛇咬了一大口：「主公休得憂煩，我這就率領各谿洞首領去跟他們一決高下，若不殺得他們丟盔棄甲，我洪工提頭來見！」

四軍對峙

三國一起出兵的消息很快便傳到大宋境內。

廣南西路「轉運使」雍必大緊急召集部屬商討對策。轉運使在唐朝本是專門負責糧食運輸的官員，到了宋朝，權力漸大，掌管稽查一「路」或數「路」的財政，兼及各地吏員的考核，實際上成了「路」的最高行政長官，到了需要用兵之時，甚至成爲地區的軍事指揮官。

雍必大指著壁上地圖：「照此情勢，不管哪一方獲勝，最後的目標都是咱們大宋。一場極大的亂事就要掀起，我們必須及早準備。」

雍必大算是個勇於任事的官員，當場點起三千兵馬，親自率領中軍，以兵馬監押狄揮武爲前鋒，迅速推進至前線據點「天井關」。

此處正當大宋、大理、大瞿越三國交界處，關外便是「四江口」，盤龍、躍虎、飛鳳、金蛇，四條大江在此會合，正好形成十字交叉之狀。

其餘三方的前鋒部隊都已抵達，隔江對峙，北方是大宋，南方是大瞿越，東邊是儂氏，西邊是大理。

雍必大見那三國來勢洶洶，不免憂心忡忡：「南方多年無戰事，將不知兵，兵不知戰，一旦廝殺開來，眞不曉得會變成何種局面？」

導向飛火

崔吹風坐在括蒼山頂的玉虛宮前，練習著《樂經》上記載的樂譜，這是一闋磅礡浩瀚、繁複萬端的樂章，需要三十六具琴與其他七十二種樂器一起合奏。

崔吹風的琴藝早到了一琴勝百琴的境界，其他各種樂器的聲音全都在他腦海裡，不需伴奏，那些和音已自然蘊藏在琴聲之中。

層疊如浪、緊密似火的旋律迴盪在千林萬樹的頂端，每一個音符都在葉片上跳躍了十幾次，引發更多迴音，而後才彈向天際。

莫奈何與「劍怪」程宗咬走了過來。

因爲莫仇樂仍然仇視音樂，莫奈何便帶著同伴們搬出莫家村，住進山上的玉虛宮。項宗羽體內的毒素已清除乾淨，他掛念師父與同門，早已急急忙忙的趕回雁蕩山去探望究竟；程宗咬的傷勢將近痊癒，也住進了道觀，跟莫奈何的師父提壺道人鎭日打屁。

此刻，程宗咬眼見崔吹風的手指愈彈愈快，樹頂葉片也震動得愈發厲害，不禁提心吊膽。「這小子是要把整座山都燒掉嗎？」

魍魎與吳回奇左也走了過來。魍魎道：「祝融是南方的守護神，不是破壞神，少主已明白這個道理，不至於引發火災，所以敢放膽彈奏。」

莫奈何悄聲問著：「你們總應該知道崔公子父親的下落吧？」

魍魎笑道：「祝融大神的後裔都是好脾氣，崔公子的父親崔一江更是八棍子都打不出一絲火氣，他自覺不適合擔任守護者的工作，便出外流浪，把任務交給了兒子。」

程宗咬唉道：「那日我狠掐他的脖子，他也不生氣，跟他爹差不了多少。」

崔吹風一曲既罷，撫膝長嘆：「這才是正統的太樂與『長琴』之樂！」

莫奈何道：「音樂如何是另外一碼子事兒，你已經搞懂使用火琴的方法了嗎？」

「我已摸索出控制之法，只是還不懂縱放之道。」

程宗咬訝問：「如何叫作縱放？」

「就是……不會亂燒一通，而是想燒哪裡就燒哪裡。」

程宗咬興奮大叫：「琴一彈，就能燒掉目標？嘩！這功夫如能練成，天下還有誰會是你的對手？」

吳回奇左忽道：「毋回其左。」

程宗咬哼笑：「你就只會說這四個字嗎？」

崔吹風忽有所感。

彈琴之法是左手按弦，右手彈弦，吳回奇左要他「毋回其左」，難道是要他別管左手？但如果放開左手，每個音便都是空弦之音，既組不成樂曲，頑童隨手一撥也能發火，如何使得？

繼而又忖：「火琴就是我自己，我彈的琴都是普通的琴，所以關鍵在我自己身上。」

心中想著，只用右手食指空撥了一下琴弦，沒什麼作用。

古琴本只有五弦，分別是宮、商、角、徵、羽；後來周文王加了一弦，為少宮，周武王又加一弦，為少商。

崔吹風輪流用上每一根手指頭去撥每一根弦，還是沒用，正想放棄，忽見一隻蟋蟀跳過腳邊，便隨著牠跳躍的節奏，單指飛速連撥了角弦七下。

耳中聽得眾人大叫：「著火了！著火了！」忙舉目一看，就只右前方三十尺遠的一棵大樹著了火。

眾人撲滅火勢，崔吹風仍呆坐不動，腦中兀自一團迷糊。

魍魎道：「恭喜少主，終於摸著竅門了。」

就在這時，項宗羽帶著武羅、長乘匆匆趕來。「小莫，須借你的飛車一用。」

武羅、長乘七嘴八舌的敘述音兒要他倆轉述的話。

程宗咬大驚跳起：「我的師父與同門也被抓了？我們快去！」

崔吹風聽說音兒已前往那片區域，當然也想趕去。

莫奈何領著眾人登上飛車，加速飛往西南方向。

莫奈何一邊掌舵，一邊瞅著武羅，愈看愈眼熟，就是想不起在哪裡見過他？

原來，六月間兩人曾有一面之緣，但那時武羅假扮成內侍小黃門，讓他怎麼也連結不到一處。

反倒是武羅悄聲跟他說明原委。莫奈何驚道：「那你們現在就跟普通人一樣？」

武羅大嘆：「比普通人還差哩。人間的事情，半件都不會！」

國師率領的隊伍

飛車來至「天井關」外，莫奈何照例先把飛車藏好，才帶著眾人走向關門。

「現在我已經搞懂了一些官場習氣，所以大家的架子要大，別怪裡怪氣的。」莫奈何吩咐櫻桃妖。「這種時候最需要妳大娘的造型。」

項宗羽、程宗咬、吳回奇左等三個外貌比較正常的緊跟在莫奈何身後；魍魎戴了頂大皮帽，遮住另外兩張臉；長乘仍將狗尾巴藏在褲子裡，顯得屁股特別大；崔吹風抱著琴，武羅晃動著金耳環，一群奇形怪狀的人來到關下，報上姓名。

守兵報入城樓，雍必大驚喜不置：「五印國師來得眞快，當眞名不虛傳。當初官家封那小道士爲國師，我還以爲官家必是受到奸人蒙蔽，沒想到官家果眞慧眼識英雄，這國師封得太好了。」

當即整容肅冠，鄭重迎接於關門之外。

莫奈何等人大剌剌的登上城樓，遊目四顧，但見這片區域全都是高山峻嶺，四條大江剖山而來，形成四條大峽谷，四江在此匯聚，洶湧的江水互相撞擊，激起滔天水勢，層層疊疊的往上堆高，交織出來的水霧甚至可以升濺到峽谷頂端。

莫奈何心下驚駭：「這麼兇惡的大水，光是看著就頭暈了。」

四江切割山勢，四面都是絕壁，四軍各占領一方，遙遙相對。

突聞東面絕壁上的儂氏陣營有人高喊：「大宋聽著，我們這裡有許多俘虜，都是很重要的人物！」

項宗羽、程宗咬急忙望去。

俞啖至和金髮闊嘴的夕陽使者押著逍遙子、傀儡生、金頂仙、霍連奇與十幾名各派弟子，來到懸崖邊。

夕陽使者厲聲高叫：「雍必大，你立馬去把崔吹風和項宗羽找來，獻給咱們，否則，這些俘虜，我們一天殺一個！」

言未畢，已抓出一名雁蕩派弟子，隨手一扔，把他拋到懸崖下的惡水之中。

項宗羽急怒攻心，程宗咬忙按住他：「你先別露面，他們若知你已在這兒，一定會更加過分。」

項宗羽轉身跑到崔吹風面前：「那俞啖至一直想搶你、害你，你趕快一把火燒了他！」

崔吹風搔頭猶豫：「我發火的技巧還沒練習純熟，恐怕不能準確的鎖定目標。而且音兒應該就在大瞿越那邊，我不能與他們爲敵……」

項宗羽跳腳：「我沒要你燒大瞿越，你先燒儂氏那邊。」

「但……萬一我發火不準，把令師他們都燒了怎麼辦？何況，祝融是南方的守護神，主要的任務是維持和平，不能亂燒無辜。」

項宗羽說不動他，氣得很想去掐他的脖子，魍魎與吳回奇左緊緊守在崔吹風面前。他倆只顧守護少主，其餘的事兒一概不管。

程宗咬另有主意，悄聲向莫奈何道：「小莫道長，事態緊急，我們沒法再等了，必須借你的飛車一用，我們今晚就飛過去救師父與同道。」

莫奈何略一沉吟：「咱們剛到，先給他們來個下馬威也好。」

進了城樓，把雍必大請到一邊：「我們今晚就要行動，前去偷營劫寨。」

雍必大楞了個結實，暗道：「峽谷既深且寬，江水又急，他們怎麼過得去？用飛的嗎？」

又聽莫奈何續道：「請雍大人派一隊兵，爲我們做接應。」

雍必大又一驚：「江水如此湍急，根本沒船可渡，如何接應？」

莫奈何笑道：「士兵們不必渡江，就在岸邊接應即可。」

雍必大一頭霧水，繼而又暗忖：「五印國師的兵法應該可比鬼谷子，常人難測，我又庸人自擾個什麼勁兒？」

偷營劫寨

儂氏陣中的兵卒夜夜痛飲，非喝到大家醉倒爲止。

俞碊至與夕陽使者的法力再強，也阻止不了這種行爲。

兩人氣憤的走入儂全福的大帳，他也一灘泥似的躺在兩個孌童的大腿上。

俞碊至一把將他抓起：「你們是來打仗的，還是來度假的？」

儂全福邊打嗝兒邊道：「四江口地勢險絕，大水奔得比野馬還快，就算有船也過不了江，所以從來都不是用兵之地。」他不滿的斜睨俞碊至。「現在你倒來怪我，我還想怪你把大隊兵馬帶來這兒幹什麼哩？」

俞餤至怒道：「本公子的計畫，說給你聽，你也聽不懂。」

儂全福直勁揮手：「反正沒人打得過來，大伙兒要喝便喝、要睡便睡，別再自找麻煩了。」

就在俞餤至氣得想殺人的時候，莫奈何的飛車已載著項宗羽、程宗咬、櫻桃妖飛越過峽谷，降落在陣營之外。

項宗羽道：「小莫，你不會跟人廝殺，就別進去了，在這兒顧好飛車就行。」

莫奈何憂心：「你們只有兩個人，行嗎？」

程宗咬望著櫻桃妖涎笑道：「小妖怪可願意跟我們走一趟？」

櫻桃妖哼道：「你這老頭兒也想來吃我豆腐，也不瞅瞅自己，有這資格嗎？」

項宗羽躬身一禮：「有請櫻桃姑娘助咱們一臂之力。」

「這還差不多。」櫻桃妖一笑。「走吧。」

程宗咬唉道：「這年頭，還是俊男管用。」

營門的守衛都已醉得東歪西倒，三人沒費多少力氣就潛了進去，但營區頗大，不知道遙子等人被關在哪裡。

「咱們分頭搜。」三人分成三個方向尋找。

櫻桃妖心中嘀咕：「蒙著頭搜索是最笨的方法，找個人問清楚不就結了？」

身子滴溜溜的一轉，變成美少女的造型，一搖三晃的在營內煙視媚行，但士卒們都喝醉了，竟沒人看她一眼。

櫻桃妖頗覺無趣，好不容易迎面來了個年輕士兵，便橫身擋住：「小伙子，挺帥的，今晚不寂寞嗎？」

那士兵的眼睛瞇呀瞇，笑起來兩顆虎牙一閃一閃：「我說妳這大姑娘跑到軍營裡來幹什麼？妳可知道這些醉鬼清醒過來以後會把妳怎麼樣？他們先把妳的衣服脫了，再把妳的褲子脫了，再把妳的抹胸也扯了，再把妳的肚兜也扯了，然後呢，他們就會……唉喲，我都說不下去了，生平第一次我會說不下去，因爲實在太慘不忍睹啦！」

櫻桃妖心下不耐：「就沒碰過這麼嘮叨的男人。」將手往他肩上一搭。「你別光說嘛，就照你說的一件一件的做給我看嘛。」

那兵笑道：「哦，原來妳是想勾引我？唉喲，難得有姑娘想勾引我。不怕妳笑話，大概是我的運太背了，總是沒有姑娘看上我，我長得又不難看，對不對？我又沒缺隻手、少隻腳的，對不對？我的體格又挺不錯的，對不對？怎麼會沒人看上我呢……」

櫻桃妖沒好氣：「就是因爲你太囉唆了！」

卻見程宗咬跑了過來：「妳們兩個丫頭在扯什麼呢？」

櫻桃妖一怔：「丫頭？他是個丫頭？」

程宗咬笑道：「她就是崔公子的心上人，音兒姑娘。」

原來音兒在南邊絕壁上也看見了日間的情形，暗自替逍遙子等人發急，湍旋的江水可難不倒她，便乘夜泅渡過來假扮成士兵，也正在尋找囚禁眾人的所在。

櫻桃妖呸了一口：「晦氣，讓我花這麼多精神去勾引一個女人！」

黑暗中人影幢幢，項宗羽已帶著脫困了的逍遙子、傀儡生、金頂仙、霍連奇、江尚清等人奔來：「快走！」

程宗咬唉道：「還是項老弟的效率最高。」

一行人跑向懸崖邊上的飛車停放之處。

「你們來得倒快，一個都別想跑！」整座軍營中唯二沒有醉倒的俞啖至、夕陽使者聽得動靜，急追而至。

櫻桃妖最不願跟這種半人半妖的怪物動手，一溜煙躲入莫奈何的葫蘆裡，再也不肯出來。

俞啖至念念不忘項宗羽在金山亭中的一劍之仇，赭鞭、藥鋤當頭劈下，項宗羽等人合力敵住。

音兒不管三七二十一，先一記「水漫天」灑向夕陽使者，兩人惡戰開來。

逍遙子等人被囚禁已久，幾乎已無戰鬥力，只靠項宗羽、程宗咬硬撐；音兒獨戰夕陽使者也頗吃力，雖是半夜，那招「夕陽西沉」仍殺得她險象環生。

隔岸噴火

北壁上的崔吹風並未閒著，他一直抱著琴，坐在懸崖邊觀察東方的動靜。烏雲移開，星光灑下，正好看見夕陽使者把音兒逼到了懸崖邊上。

崔吹風一驚：「音兒怎麼也在那裡？」

眼見音兒腳下一滑，摔了一跤，夕陽使者緊跟而上，一掌朝她頭頂擊落，崔吹風急得單指在「武弦」上連彈七下，一道火燄從琴弦上激射而出，劃出一道詭譎的拋物線，飛越過廣闊的峽谷，正中夕陽使者額角，把他整顆頭燒成了一塊焦炭。

魍魎擊掌喝采：「少主終於懂得火琴的使用之法了！」

崔吹風這才明白，撥彈每一根弦的不同位置，發射出去的火，距離與方向便都不同；彈弦次數的多寡則可以控制火勢的大小。

音兒站起身子，朝著北壁大叫：「崔郎，你成功啦！崔郎，我好想你！」

饒她撕破嗓門，仍穿不透奔騰江水的如雷聲浪，崔吹風一點也聽不到，只能看見她在那兒又蹦又跳，便高興的朝她使勁揮手。

音兒又指著項宗羽等人，他們正被俞燄至殺得七零八落。

崔吹風因見眾人都圍繞在俞啖至附近，不敢發出太猛的火，輕輕一彈「宮弦」，那火線巧妙的繞著彎，比鼬鼠還靈活的鑽過項宗羽等人身邊，然後鑽進了俞啖至左眼那個透明的眼窩內。

俞啖至頓時顱內冒火，慘嚎一聲，仰面便倒。

項宗羽猛衝上前，一劍朝他刺下，卻刺了個空。

俞啖至竟跟鬼魅一樣的消失了！

各有奸計？

雍必大派在北岸江邊負責「接應」的宋軍，聽到東面絕崖上傳下殺聲，便高舉火把、搖旗吶喊，虛張聲勢。

喝醉了的儂氏兵卒全都被嚇醒，以爲宋軍已經渡河，嚇得亂奔亂竄；大帳中的儂全福酒意也沒了，大嚷：「退兵！」

幾萬儂氏大軍刹那間跑得精光，東壁上便只剩下項宗羽等人。

程宗咬笑道：「我們只出動三個人，就消滅了一軍。」

櫻桃妖大怒：「出動三個人？難道我不算是一個人？」

程宗咬陪笑：「咳咳……我是說，小莫道長沒去廝殺，所以不算是一個人。」

莫奈何用飛車分批將各派子弟帶回北壁，其餘諸人便趁著空檔，坐在地下休息。

項宗羽剛才沒能一劍刺殺戕害自己家鄉的元兇，耿耿於懷：「那俞燚至的法力雖高，但從不知他還有這種詭異的本領，難道暗中還有人相助於他？」

傀儡生道：「被擄南來的一路上，偷聽到不少俞燚至跟夕陽使者的對話，他們似乎還有別的計畫。」

逍遙子道：「我也懷疑事情沒這麼簡單，此處並非用兵之地，沒有任何一方可以渡過四江口，爲何大家都率兵前來爭奪？」

音兒窒悶了半天，才說：「我爹想要借用這四條大江的江水，發起第三次大洪水，因爲這四條江都是長江的上游，如果四江齊發，足以淹沒大半個中原。」

眾人大爲驚駭。「若果如此，共工真能席捲天下。」

「鐵拳」霍連奇道：「大瞿越的目的在此，大宋則是因他們三方齊聚，所以才派兵前來監視；那麼大理呢？俞燚至呢？他們的目的又是什麼？」

這問題，當然沒人能夠回答。

項宗羽道：「音兒姑娘，崔公子很思念妳，妳就別回去了。」

音兒猶豫著、掙扎著，良久方道：「父親十幾萬年下來就只我一個女兒，我不能在這種時候離開他。請你轉告崔郎，我們總有一天會相見的。」

會繁殖的泥土

大伙兒全都平安的回返北壁。

莫奈何得知共工的陰謀，甚是憂心，便拖著崔吹風去找武羅、長乘。他倆正在享受雍必大的招待，自從被貶謫之後，首次感覺到生命的可愛。

莫奈何劈頭就問：「第一次大洪水的時候，祝融是如何打贏共工的？」

武羅很跩的一聳肩膀：「祝融幹的事兒，我可不熟，我是直屬中央的。」

長乘的狗尾巴垂下去了：「我和帝江都是西方的，歸金神蓐收管轄，跟祝融沒啥交情，你這是問道於盲。」

武羅沉思了一回兒：「我聽人說起過，祝融教會人類用火，所以人類很崇拜祝融，水神共工就不爽了，激起五湖四海的水去灌崑崙山……」

莫奈何一怔：「所以共工並非崑崙山上的神？」

「他資歷較淺，個性又急躁偏執粗魯，所以天帝不讓他上崑崙山。」武羅續道。「共工發起的大洪水淹沒了不少地方，害死不少人類，但水再高也淹不上崑崙山，祝融騎上了他的那兩條龍，殺下山來，把共工燒得焦頭爛額。」

長乘哼道：「這些都是媚俗的傳言，做不得準。」

莫奈何跌足道：「如今共工發水想淹中原，中原可沒崑崙山那麼高，如何抵擋得住？

而且在平地上，火神鐵定打不贏水神。」

武羅笑道：「你認爲水一定勝得了火？那才不一定咧。」

崔吹風一旁發話道：「依照我這些天來研習《樂經》的心得，《樂經》彷彿就是煮水的聲音。」

莫奈何又一怔：「煮水的聲音？」

「你想想看，壺裡的水會不會被火煮開？」崔吹風一語道破。「所以說，水如果被困住了，火就能把水煮開。」

「但……怎樣才能困得住水？」莫奈何神情漸轉興奮，不停踱步。經過這些時日與各種神奇的經歷，他已熟讀非常有用的《山海經》。「〈海內經〉裡記載，第二次大洪水時期，帝堯派大禹的父親鯀治水，鯀想不出辦法，便上崑崙山偷了息壤去治水，天帝震怒，派祝融殺了他。」

崔吹風並非飽讀詩書之輩，忙問：「息壤是什麼東西？」

「息壤是一種能夠自行生長繁衍的泥土，丟在江河之中就能自動堵塞住氾濫的大水。」莫奈何有了主意：「武羅，你帶我去崑崙山好不好？」

不但武羅、長乘嚇了一大跳，葫蘆裡的櫻桃妖更蹦了出來，嚷嚷：「小莫，你發什麼神經病？」

「不入虎穴，焉得虎子。」

櫻桃妖揪住莫奈何的耳朵：「你當崑崙山上的天庭是可以作耍的嗎？」

「咱們三月間就去過崑崙山，沒什麼大不了的。」

莫奈何、櫻桃妖曾與燕行空等一千英雄遠赴崑崙山後的「陰陽斷崖」除妖，維繫了人類統治世界的命運，所以莫奈何認爲崑崙山不過如此而已。

武羅搖頭嘆道：「小莫，你只去過後山，不知天庭的厲害。」

莫奈何道：「天帝也要講理，我自有說服他的道理。」

櫻桃妖逼問他有何打算，莫奈何抵死不說。

櫻桃妖心道：「小莫愈來愈懂事，也愈來愈會搞怪，將來愈難控制他了。」心頭既失落又煩悶，想起今年年初時的小莫多麼憨傻渾蠢，那可愛的模樣可眞是一去不復返了。

莫奈何道：「櫻桃，妳就留在這裡，等我回來。」

櫻桃妖自從被魍魎關入尿壺之後，就寸步不離莫奈何，怎敢獨自留下：「正如你說的，天帝也得講道理，我也去跟他嚼嚼舌根。」

莫奈何初入天庭

飛車帶著武羅、長乘，飛越過幾萬里，降落在一座冰山的山巔。

櫻桃妖打著哆嗦：「既是天庭，爲什麼這麼冷？」她已化身爲少女造型，滿心以爲這樣便能夠得到一些優待。

長乘道：「從前倒是挺暖和的，就這一萬年，天帝不讓我們出去活動，當然就被冰鎮起來了。」

眾人登上幾十級石階，迎面一棟金黃色菱形十二面體的建築。

莫奈何道：「這房子建造得挺怪，我還以爲跟人間的宮殿一樣呢。」

武羅呸道：「人間的宮殿能看嗎？都是什麼漢白玉丹墀，屋子都是紅木柱、金瓦片，還要雕著龍、刻著鳳，屋簷翹著幾隻小腳，難看得要命。」

一進大門，莫奈何就嚇楞了，寬廣的大廳中竟無半根柱子，十幾萬種花卉與幾十萬種綠草遍布於各個角落。

繁花茂草之間還有許多遊樂、健身設施，刑天正在那兒吊單槓，不管他怎麼吊，頭都不會超過槓，因爲他根本沒有頭。

勃皇蹬著八隻牛腳惡狠狠的逼近：「才只一個多月，你們怎麼就回來了？」

「我們已經建立了大大的功勳，當然要回來贖回法力。」武羅踐踐的說。「這個人要面見天帝，快去通報！」

勃皇聽說有人要見天帝，立刻矮了半截：「通報不干我的事。」溜到一邊去了。

風神因因乎一陣風颼到莫奈何面前：「天帝豈是隨便能見的？先說你有什麼事？」

武羅、長乘、櫻桃妖都還不知莫奈何葫蘆裡賣些什麼藥，便都轉頭看著他。

莫奈何清了清嗓子：「我來跟天帝討債。」

櫻桃妖險些吐血：「我命休矣！」

許多神祇聽見居然有人敢來向天帝討債，都從自己的專屬辦公區跑出來，圍著莫奈何。「你這小傢伙人類好大的膽子！」

莫奈何笑道：「欠債還錢，天經地義，哪裡需要什麼膽子？」

合夥與分紅

天帝住得再高、手長得再長，也會有如墮五里霧中、摸不著頭腦的時候。

西王母氣急敗壞的衝入他的特大號辦公室：「你怎麼在外面偷偷賭錢，到底賭輸了多少？」

天帝一楞：「我……什麼時候跟人家賭錢了？」

「你還賴？人家都找上門來了！」

天帝氣沖沖的跑下樓：「討債的在哪裡？」

眾神忙都兩邊閃開，露出了中央的莫奈何。

天帝怒道：「我根本不認識你，怎麼會輸你錢？」

莫奈何道：「天帝老兒，難道你忘了陰陽斷崖上的賭約？」

天帝與刑天在一萬年前抓住了所有的妖怪，想要把他們封印在山洞裡，妖怪的首領魔尸不服，提出一場賭賽——如果在這一萬年裡，每一年都有一個最傑出的人類願意把靈魂出賣給魔鬼，代表人類喜愛妖魔勝於眾神，天帝就算輸了，從此必須讓妖魔橫行世界。萬年之約於今年三月到期，妖魔的代言人浣熊妖「芝麻李」已收集齊了一萬條最傑出的人類靈魂，來到洞前，正要解除所有妖魔的封印，莫奈何與一千英雄及時趕到，粉碎了妖魔的企圖，人類才得以繼續主宰世界，而天帝也風光的贏了這場賭局。

這件事情，眾神皆知，當然抵賴不掉。

莫奈何道：「我們幾個人類幫你贏了這場賭賽，難道你竟不給我們分紅？」

「分紅？」天帝聽不懂。

「就是要把你贏的錢分給合夥人。」

「合夥人？」天帝仍然聽不懂。

莫奈何嗐道：「你眞是……唉，比三歲娃兒還不如。反正，你欠我錢！」

西王母怒道：「崑崙山上沒有錢，你想搶，上別處去搶。」

莫奈何笑道：「沒錢也沒關係，我只想跟天帝借用一樣東西，就算是抵債。」

天帝皺眉：「你想借什麼東西？」

「息壤。」

天帝大驚：「你只是一個普通人，要息壤做什麼？」

西王母在旁搶道：「什麼東西都能借，就是息壤不行。」

莫奈何不解：「只是借用一下，用後歸還。」

「不行就是不行！」

莫奈何只得下出第二步棋：「那麼，我們再賭一場。」

櫻桃妖又快暈倒：「這個死小莫，到底還想不想活？」

天帝忍怒：「你想賭什麼？」

「骰子、牌九，隨便你！」

西王母一聲長嘯，亂髮飄動，插在上面的玉簪就將飛出，取人性命。

天帝趕忙制止她，轉對莫奈何：「你叫小莫是吧？你讓我好好的想一天再說，你就先在這兒住下吧。」言畢轉身就走。

西王母跟了上來，悄聲道：「息壤是崑崙山最厲害的法寶之一，怎可輕易與人？那小子居心叵測，須得嚴密提防。」

天帝不停的撫著太陽穴：「唉，我好久沒頭痛了，得回去想想骰子怎麼玩？」

自助餐廳裡的閒談

莫奈何、櫻桃妖端著餐盤走在崑崙天庭的自助餐廳裡，那一百條擺滿了豐盛菜餚的通道，鬧得兩人眼若萬花筒。

「在這裡住上三天，我就要花半年時間減肥。」櫻桃妖挑了許多東西，又不捨的放回去。「小莫，從來不知道你還會賭博？」

「我不會啊。」莫奈何傻笑。

櫻桃妖氣道：「那你跟天帝賭什麼？」

「賭這種東西，反正輸贏各半，誰也沒占誰便宜。」

櫻桃妖搖頭太息：「你的頭腦實在太簡單了，你知不知道有種人叫作老千？就是專門騙你這種笨蛋。」

「天帝會出老千？」莫奈何一笑。「不可能吧？」

兩人好不容易挑完晚餐，走往用餐的長桌，武羅與長乘正在那兒誇耀人肉包子店老闆娘的美豔。

「那婆娘雖然黑心，但是長得可眞……唉喲，簡直無法形容！」武羅捲起褲管，露出自己的腿。「她就一直摸我的腿，一直摸一直摸，邊摸邊說：好白、好漂亮！」

眾神便都低頭看著自己的腿，滿心挫折。

長乘搶道：「那有什麼？她一直摸我的屁股，說：哇！這條狗尾巴好可愛！」

眾神又深恨自己沒能長出一條尾巴。

莫奈何過來坐下：「從《山海經》裡認識各位已久，今天終於見面了。」

眾神都挺喜歡他的，因為在天帝與魔尸賭賽的那一萬年間，發下一條禁令，不准崑崙眾神干涉人間事務，悶得他們發慌，還虧了莫奈何等人讓天帝贏了那場賭局。只是，天帝至今仍遲遲疑疑的，並未正式解除禁令。

「小莫，如果天帝答應跟你對賭，一定要讓他輸得脫褲子。」

祝融走了過來：「聽說這次事件與我的子孫有關？」

「您的後代崔吹風可厲害了，一把琴威震南方，只是現在可也碰到了難題。」將共工想要水淹中原的事情備細說了一遍。「您若不出手幫助您的子孫，他可要被大水淹成崔吹海了。」

祝融聽了，但只一笑，並不答言。

北方總管海神禺彊道：「我們四方總管的職責是維護四方和平，不管爭戰之事。」

西方總管金神蓐收道：「當年共工無理取鬧，被祝融擊敗，其實也是出於無奈，不料這仇一結下去就是十幾萬年。」

祝融苦笑道：「所以我從此之後更不願與人爭鬥。」

櫻桃妖尋思：「崔氏一族都是好脾氣，原來遺傳自他們的祖先。」又想：「火神個性平和，水神卻暴躁無比，這跟一般人的印象可大不相同。」

莫奈何眼見祝融一副事不干己的模樣，急得跳腳：「這事兒牽涉到億萬人類的性命，豈會與你維護和平的職責無關？」

祝融語塞，沉默半晌方道：「說實話，若在平地與共工交手，我恐怕打他不過。」

莫奈何道：「你的子孫比你聰明，他說《樂經》的音樂就是用來煮水的，如果先用息壤困住水，火就能勝水。」

祝融大嘆一聲：「你可知道當年鯀偷了息壤，天帝命令我把他殺了的事兒？」

莫奈何欸道：「這我就想不通了，為什麼會這樣？」

「因為息壤不是用來治水的。如今人類也已然明白，光是堵塞水道、興建堤防並不是一個好辦法。」

「那息壤到底有何寶貴？」

祝融一聳肩膀：「我只曉得息壤是天帝最重要的法寶之一，所以你想跟他借用，只怕很難。」

勃皇在旁幸災樂禍：「這才叫作比登天還難！」

阿修羅大法

這裡的風雪比崑崙山還要凜冽。

這裡是喜瑪拉雅山，全世界的屋頂。

屋頂上有著一座不似活人居住的石窟。

俞啖至在洞窟內醒來，他那沒有眼珠的左眼窩已被崔吹風燒成了一塊焦炭，半邊腦子更疼得厲害。

石窟深處，一個腰間圍著一塊獸皮的神人正面對石壁打坐，他渾身發抖，嘴裡喃喃，似在修鍊什麼法術。

俞啖至勉強爬起，朝那背影拜了一拜：「多謝『溼婆』大神救命之恩。」

原來救他的人竟是婆羅門教的三大主神之一——破壞神「溼婆」。

溼婆停止練功，冷冷的說：「俞公子，你一直誇口你很厲害，如今看來，不過爾爾。」

俞啖至面有羞慚痛恨之色：「沒料到崔吹風那小子摸著火琴訣竅的速度如此之快。」

溼婆沉聲道：「按照我們的約定，你的計畫不成，就要執行我的了。」

俞啖至俯首：「但憑大神做主。」

原來兩人早就已有掃平中原的約定。

溼婆轉過身子，他的頭上長著一彎新月，頭髮盤成犄角形狀，脖子呈現恐怖的青黑之色，額頭上生著第三隻眼睛，這「智慧眼」可厲害了，在宇宙週期性的毀滅之際，能噴出一股神火，殺死所有的神祇與一切生物。

溼婆道：「憑良心講，奪取火琴確是最方便容易的一條路，但那姓崔的小子不肯就範，只得採取比較複雜的方法。」

俞飈至道：「大神想要挑起火神與水神的戰爭，並不困難，共工與祝融結了十幾萬年的仇，發誓必報。」

溼婆陰笑：「這回，共工見到祝融的後裔崔吹風已然成材，應該更爲憤怒，定會令四江奔騰，沖刷地面，那時我就可以使用新近修鍊成功的『阿修羅大法』，一舉將中原吞滅、寸土不留。」

俞飈至不無憂心：「大神說過，只有息壤能擋住『阿修羅大法』，而息壤現在崑崙山上，會不會有人把它借出來？」

「你放心，崑崙山的天帝不可能把最厲害的法寶借給任何人。」

一提起崑崙山，溼婆的氣就不打從一處來，因爲他在六月間曾經趁著崑崙眾神與佛教、道教論辯的時候，帶著婆羅門的另外二大主神「梵天」、「毗溼奴」，想要展開偷襲，卻被崑崙眾神毒打了一頓，座下的「難敵」白牛還被帝江燒瘸了腿。

溼婆的第三隻眼睛閃出暗赤色的毀滅之光：「打垮崑崙山是我第二個目標！」

天帝的骰子

有史以來最偉大的賭局開始了。

大廳內擺上了一張長桌，天帝與莫奈何各據一方，相對虎視；崑崙眾神則都擠在長桌兩邊，等著看誰會出洋相。

西王母站在天帝身後，顯然就是他的軍師謀主，首先開聲道：「莫奈何，你想賭什麼？」

櫻桃妖站在莫奈何背後，也把自己當成了女諸葛：「賭骰子最簡單，又不花腦筋，我們就賭這個吧。」

西王母臉上隱約閃過一絲得色：「好，我們就賭這個。」轉問天帝：「你想起來怎麼玩了嗎？」

「有押大小、有押單雙……」天帝仍一臉迷糊。

西王母很想打人：「我們就玩最簡單的那一種：三顆骰子擲下去，加起來幾點就是幾點，這樣你懂了嗎？」

「懂了……」

櫻桃妖見西王母胸有成竹，心知其中必有詐，忙搶道：「比大比小？」

輪到西王母一楞：「還有這種分別？」

「當然有。比大是三個六，十八點最大；比小是三個一，三點最小。」

西王母目露兇光：「比大！」

櫻桃妖眼迸殺氣：「不，我們要比小！」

她話一出口，就見西王母臉上亮起詭計得逞的光芒，暗叫一聲：「糟糕！」但話出如風，收不回來了。

天帝把骰子握在手裡直搖：「怎麼擲？」

西王母齜出一嘴豹齒：「就這樣甩出去啊，甩出去，懂嗎？把它們甩在桌子上，就跟甩鼻涕一樣，快甩啊你！」

天帝遲疑的又搖幾下，抖腕甩出，卻見他手掌中冒出一股白色的粉末，原來骰子早被他捏得粉碎。

「這樣是幾點？」天帝呆呆的問。

「哪有人擲成這樣？」西王母傻住了。「這樣應該是……一點都沒有。」

天帝哈哈大笑：「我在玩骰子的時候，人類還未成形呢。」

眾神都在心中暗罵：「不死老賊，恁地下作！」

西王母洋洋得意的拋過來三粒新骰子：「該你們了。」

莫奈何正想罵人，櫻桃妖偷偷踢了他一腳，笑道：「小莫，快擲啊。」

莫奈何喪氣：「他一點都沒有，我要怎樣贏他？」

櫻桃妖道：「有擲有希望，不擲，我們就只好打包走人了。」

莫奈何無可奈何的抓起骰子，隨手一擲，櫻桃妖暗運法力，讓那三顆骰子整整齊齊的排成一列，最左邊的是個「•」紅么，最右邊的是個「⁚」二點，中間的一顆竟搞怪，被櫻桃妖變成了一個「—」。

西王母拍手笑道：「你們輸了！」

櫻桃妖拍手笑道：「我們贏了！」

西王母怒道：「一個么、一個二，加起來一共是三點，你們怎麼會贏？」

櫻桃妖指著中間的那個「—」：「那是個減號。所以，一減二等於多少？」

西王母更怒：「一怎麼能減二？妳到底有沒有學過算術？」

當時有負數概念的人並不多。

櫻桃妖笑道：「妳才沒學過算術呢，西漢成書的《九章算術》中有云：『正負術曰：同名相除，異名相益，正無入負之，負無入正之；其異名相除，同名相異，正無入正之，負無入負之』……」

西王母聽得一個頭兩個大，罵道：「什麼正正負負的，負是揹東西，妳要揹什麼？」

櫻桃妖翹鼻子抬眼睛：「妳肯定聽不懂我說的話，反正總而言之、言而總之，就是『負一』比『沒有』還小。」

眾神都鼓掌喝彩。「小丫頭挺有學問！」

武羅高呼：「沒說的，小莫贏了！」

天帝、西王母一開始都沒注意到莫奈何身邊的這個小丫頭，此時才發覺她是個小妖怪，想要提防她，可已來不及了。

櫻桃妖朝著天帝笑道：「說到玩骰子，您還差得遠呢。」

天帝氣得把臉一沉，轉身就走。

長乘嘀咕：「這也太沒風度了吧。」

西王母堆下一張笑臉，走近櫻桃妖，牽起她的手：「小姑娘長得挺好樣的，我們說說話兒去。」

櫻桃妖想拒絕，怎由得了自己，一頭驢子似的被西王母牽往命運的終點。

西王母嫁女

大辦公室的後面是一大片眾神的住所，各式各樣的建築高高低低，雜亂無章。

西王母的居處建得像一個大山洞，幾個豹頭人身的僕人守在屋外。

櫻桃妖心生畏懼：「這些人好可怕！」

西王母笑道：「別緊張，他們不是妖怪，是『神奴』。」

「神奴？」

「我們總要訓練出一些可以服勞役的動物，要不然苦力活兒給誰幹？」

屋內的布置倒頗舒適，都是豹皮床褥、椅墊、地毯。

西王母將身半躺在床上：「小丫頭，坐下，咱們聊聊。」

櫻桃妖暗忖：「既來之，則安之，想她貴爲王母，應該不會爲難我這麼個小妖怪。」

大剌剌的正要落座，西王母卻拍了拍身邊的床墊：「不要這麼見外，坐近點。」

櫻桃妖心想：「老虔婆，就坐在妳頭上又怎地？」老友般的緊挨著坐下。

西王母握住她的手。「小丫頭，妳一顆小小的櫻桃能夠修鍊成這樣，可眞不容易啊。」

櫻桃妖傲然道：「我們那座山頭全是櫻桃林，結出來的果子何止億萬，但修成形的只有六個，超過三千年的只剩兩個，到最後只有我一個能出頭。」

「這是妳的福分，一定要好好珍惜。」西王母慈愛的拍著她的手背。「妳若想更上一層樓，主要就是得掌握修鍊的訣竅。」

櫻桃妖心中一喜：「莫非她竟想收我爲徒？」見她的態度和藹可親，膽子就更大了，小鳥依人似的偎入她懷裡。「小徒愚昧，一直沒能得到高人指點，還望王母調教則箇。」

「好乖巧的丫頭！」西王母喜得「咻咻」大笑。「這些年來，我膝下一直無兒無女，寂寞得緊，如果有妳這麼個女兒，我的日子可就好過多啦。」

櫻桃妖福至心靈，撲入西王母懷中，把頭往她的胸上直拱：「我們櫻桃都沒有父母，我也好想有個疼我的娘！」

西王母喜極而泣：「好女兒，乖女兒，從此妳就是我的乾女兒了。」

兩人緊緊相擁，又哭又笑的鬧了好一會兒，櫻桃妖才道：「乾娘，有件事想求您做主。」

「妳儘管說，我一定達成妳的願望。」

「我……」櫻桃妖滿臉嬌羞，聲細如蚊：「我想跟小莫結成夫妻。」

西王母一皺眉：「那個死小莫？他有什麼好？」

「他……人家喜歡他嘛。」

「既如此，」西王母嘆口氣。「好吧，我立即派人去辦，不容他不答應。」

櫻桃妖高興得差點蹦上了天，邊自動念：「小莫啊小莫，看我一次吸乾你的元陽，我就可以練成九九八十一變了！」歡欣了好一會兒，轉念又忖：「如果我一次把他掏空，他就變成了一具人乾，這……」頓覺十分不忍。「小莫還是挺可愛的，不能把他弄死。我只掏他一點點就好，然後把他養著，他還能幫我做不少事。嗯，譬如說，最起碼能幫我掃地。」

西王母喚入兩個雌性神奴，又取出一件華麗的衣服、幾件首飾，櫻桃美少女經過這番刻意裝扮，果然傾國傾城，美豔無雙。

西王母讚嘆：「世上哪有這麼好模樣的新娘子，快上轎吧。」

櫻桃妖一楞：「現在就要上轎？這麼快？」

「還有什麼好磨菇的，快快快，先成其好事才是正經。」

幾名神奴簇擁著櫻桃妖出到門外，花轎果然已經備好了。

西王母仰天長嘯：「新娘子上花轎，進了洞房一定迷死人！」

本書最短的一章

櫻桃妖喜孜孜的在心裡大叫：「天下第一處男，這回你可逃不出我的手掌心了！」

櫻桃的洞房

花轎顛呀顛的走了一程上坡路，好不容易停下來。

「新娘子請下轎。」

櫻桃妖跨出轎門，只見置身於一大片果園當中，不由狐疑：「洞房在哪裡？」

兩名神奴拿起鐵鏟在地下猛挖：「新娘子別急，洞房兩下子就挖好了。」

櫻桃妖氣道：「你們知不知道洞房是什麼意思？」

神奴笑道：「就是給妳住的洞啊。」

櫻桃妖沉聲道：「我可是西王母的乾女兒，你們膽敢亂來？」

幾名神奴一起笑答：「西王母最愛吃櫻桃，要我們把妳種在崑崙山上，以後就能長出又大又圓的櫻桃。」

櫻桃妖轉身想逃，已被豹形神奴七手八腳的扛起。

櫻桃妖哭嚷：「我不要進洞房了啦！」

眾神的生日

天帝坐在他的特大號辦公室裡生悶氣。

眾神對他不滿的流言，點點滴滴的傳進來，讓他深感不安，他必須想出一個辦法，讓自己扳回劣勢。

他叫陸吾將莫奈何請進辦公室：「小莫，是誰派你來找我的麻煩？」

「唉，老大。」莫奈何想不出適當的稱呼，乾脆叫他「老大」。「我只是要借個東西，解決人間的危難。」

「小莫啊，你別管人間如何了，你乾脆留下來，我給你一個職務，從此逍遙自在，豈不是很好？」

這提議當然讓人心動，誰不想跟天神住在一起，再也不用在混濁的世間窮攪和，又要煩惱柴米油鹽，又要憂心生老病死，還要提防被人偷搶拐騙。

但莫奈何一想起梅如是與父母、朋友，就在心裡否決了億萬人做夢都盼不到的好運，嘴上仍說得委婉：「我只是個小笨蛋，你留我有何用處？」

天帝打的主意是收編了莫奈何，那場賭桌上的輸贏就變成了自家人的遊戲，沒什麼可讓人說嘴的了。他和顏悅色的道：「武羅說你挺有頭腦，我們崑崙山若想重出人間，必得聽聽你的意見。」

莫奈何隨口便道：「你們崑崙山的辨識度要高。」

天帝本來只想隨便籠絡他一下，豈料他一開口就讓天帝的腦袋像被槌子敲了一下，楞楞問著：「什麼叫作辨識度？」

「就是你們自己或信眾，一站出來，就要讓大家知道你們是個什麼東西。和尚光著那顆頭、道士穿著那身衣，一看就明白了他們的身分。」莫奈何如同塾師教訓小孩。「再瞧瞧你們，沒有統一的髮型、服裝，個個奇形怪狀，活像四野八荒湊在一起的雜妖亂鬼，能看嗎？所以首先第一要務，就是要讓你們的服裝統一、髮型統一、外表統一，將來你們的信眾也應該這樣。」

天帝想了想，乾咳道：「咱們崑崙山上，最難的就是統一。」

「再來，就是要請雕塑高手替你們重新塑像。」

天帝嚇一跳：「你要我們整容？」

「你們的眞身可以不要現出來，躲在暗處攬神通，但出現在大眾面前的時候，總該有點人的樣子。」

「咳咳，這倒有點道理，還有嗎？」

「還有就是經文啦、商標啦，都該準備好。其實大多數人都懶得讀經書，所以經文未必要寫得有意義，胡扯八拉即可，但封面一定得做得堂堂皇皇，鑲嵌寶石、燙金字兒，再請個高手畫幅圖……」

「咳咳，還有嗎？」

「佛教、道教的神佛都有聖誕，每到這一天，信徒都熱鬧滾滾的替他們祝壽，這也是凝聚信徒的一種好辦法。」

天帝腦中一陣矇：「生日？我們已經活了幾百萬年，誰還記得自己的生日？」

「那不管，你大可以隨便分派。一年三百六十五天，你們正好三百六十五個神，所以每天都會有你們的聖誕。」

天帝大怒：「你竟敢糊弄我？一年明明只有三百五十四天。」

莫奈何曾跟一個名叫蘇透的書生學過太陽曆，不慌不忙的道：「你說的是中原的曆法。老大，你知不知道人間還有另外一種曆法，那可是一年三百六十五天。」

天帝不生氣了，卻煩惱著：「崑崙山有三百六十五個神，排滿了三百六十五天，那我的生日怎麼辦？」

莫奈何想了想：「根據太陽曆，每四年便有一個閏日，這閏日就讓給你，每四年才過一次生日，表示你最大。」

天帝喜道：「我們崑崙山沒有大印，要不然應該再給你一顆國師印！」

櫻桃妖大鬧崑崙山

櫻桃妖的頭頂被貼上了西王母的符咒，迫使她現出西瓜般大的櫻桃本相。豹形神奴們硬把這顆大果兒栽入洞中，一鏟一鏟的往洞內塡土。

櫻桃妖大叫：「小莫，快來救我！」

「妳的小莫已經成了崑崙山的特別顧問。」西王母悠悠來到。「從此他就跟妳陽關獨木，毫無瓜葛了。」

櫻桃妖一聽，更痛斷了腸，號啕大哭：「乾娘，妳才剛收了我做乾女兒，爲什麼馬上就翻臉不認人？還有小莫，他怎麼能再也不跟我見面？」

西王母溫言相勸：「別哭別哭，妳要快快樂樂的被種下去，將來結出來的果子才會又香又甜。妳這麼一哭，果子都變酸了。」

櫻桃妖破口大罵：「殺千刀的老巫婆，要殺便殺，把我活埋在洞裡受罪，以後我結出來的果子每一顆都是毒藥，毒死妳這個成天只會扯著嗓門鬼嘯的醜八怪！」

西王母猛一板臉：「我問妳，莫奈何想要息壤做什麼？是誰派他來的？」

「他不是早就已經解釋清楚了？如果說有幕後主使者，那便是大宋皇帝，因為他要保衛大宋的疆土。」

西王母冷哼：「妳以為我會相信妳的鬼話？」扭頭下令：「埋！」

「等等，等等，我招供便是。」

「妳快說！」

櫻桃妖靈機一動，假哭道：「我們背後確實有個主使者，他本來也跟我一起躲在葫蘆裡，現在不知跑到哪裡去了。」

「不好！」西王母暗驚。「他一定是去偷息壤了。」吩咐神奴：「把她扛著，我們去找那個賊。」

神奴們剛把櫻桃妖掘出來，她便順著山坡一直滾了下去。

西王母逼她現出原形，反而幫了她一個大忙，一顆圓膨膨的大櫻桃滾動得又快又靈活，西王母一時之間竟爾追之不上。

山坡下就是廚房，武羅、長乘正在那兒聊天，看見大櫻桃一路滾下來，趕緊拉開廚房後面的門。「這裡是倉庫，快躲進去！」

水果起義

崑崙山的倉庫裡堆滿了從全天下各地得來的貨品，大櫻桃體型雖大，仍有許多地方可躲。

她一頭鑽進西瓜堆中，還沒藏好身子，就聽旁邊幾顆西瓜罵道：「上別處去躲，不要牽累我們。」

原來已有幾顆西瓜悄悄修成了精。

櫻桃妖只好躲入鳳梨堆中，又被推出來。「休攪和，去別處！」

一倉庫的香瓜、木瓜、哈密瓜、水梨、芭蕉、檸檬……都有修鍊成精的，都把櫻桃妖當成滾燙的山芋，直往外推。

櫻桃妖怪問：「你們都已經鍊出了眞身，還躲在這裡幹什麼？」

木瓜妖慢吞吞的說：「急什麼，我正在等待出頭之日。」

檸檬精酸溜溜的說：「我們哪有妳那麼勇敢，人類很恐怖的咧！」

就在這時，負責廚房事務的「十巫」進來了，水果們忙噤聲。

老大巫咸抱怨著：「每天都要做這麼多菜，煩死人了。」

老七巫禮呸道：「那些傢伙，今天要吃這、明天要吃那，也不想想我們的辛苦。」

「好了好了，別吐苦水了。」老三巫盼嬌滴滴的說。「昨天的飯後甜湯是鳳梨汁，今天該搾西瓜汁了。」

老九巫謝走入西瓜堆中，挑了一顆最大的，正好就是那西瓜精，抱著就走。

西瓜精不敢哭，龐大的身軀簌簌抖。

老二巫即怪道：「這瓜在抖什麼？」

老五巫姑沉聲道：「莫非已成了精？把它打開來看看。」

一千果妖都絕望的閉上眼睛。

櫻桃妖忍不住挺身而出，嘶聲厲吼：「百萬年以來，我們的作用只是給人類清腸通便，我們生命的意義是什麼？我們生命的價值在哪裡？」

哈密瓜妖大叫：「我們有豐富的養分！」

話沒說完，就被大家痛罵了一頓。

櫻桃妖振臂高呼：「水果們，站起來！我們不能再忍受這種欺侮，我們要奮戰到底！西瓜精，你還不反抗嗎？」

西瓜精死馬當成活馬醫，奮力掙出巫謝的懷抱，滾落在地，然後朝倉庫外一直滾了過去。

眾果妖都大聲歡呼：「西瓜加油！」

櫻桃妖縱身一跳，騎在他身上，一直滾出倉庫，滾過廚房，滾進了餐廳。

崑崙眾神正準備吃午餐，忽見一顆大西瓜載著一顆大櫻桃滾進來，都嘖嘖稱奇：「喲，這是什麼新菜色？」

武羅、長乘想幫它們做掩護，但緊接著趕到的西王母已一把抓住櫻桃妖：「看妳還想跑到哪裡去？」

天帝正好帶著莫奈何進來，櫻桃妖哭嚷：「小莫，救我！」

莫奈何慌忙大叫：「嘴下留人！」

西王母桀桀厲笑：「遲了，這麼美味的櫻桃，我怎會放過？」兩指捻著櫻桃，正要一口咬下。

驟見一隻紅頭黑眼的大鳥展翅飛入：「緊急情報！」

息壤的真正作用

西王母座下有三個密探，最靈活嬌小的青鳥正在百惡谷協助新任谷主薛家糖看管細菌，所以外面的事務都由大鵹、少鵹負責。

西王母暫時停止呑嚥的動作，仍把櫻桃妖揑在指間：「少鵹，大驚小怪的什麼呢？」

少鵹吱吱叫：「我看見那第五公子了。」

莫奈何驚問：「俞發至居然還沒死？什麼人救了他？」

「是一個頭上長著半個月亮的邪神。」

武羅皺眉：「那是婆羅門教的主神溼婆。」

崑崙眾神都說：「六月間被我們痛打了一頓，現在還想攪什麼鬼？」

少鵹道：「他跟俞發至說到什麼『阿修羅大法』。」

天帝大爲震驚，面如死灰：「這魔法怎麼又重現了？」

眾神見他如此反應，都頗覺意外。

長乘呸道：「光聽那名稱就知是媚俗之法，有什麼了不起？」

天帝重嘆：「你們別小看此法，此法能移地縮域，神奇得很！」

「移地縮域？」眾神一頭霧水。「什麼意思？」

天帝正色道：「這世界並不如你們想像中的那般，大家都以爲土地是最堅固恆久的東西，其實不然。你們看過小孩兒玩黏土嗎？把一大塊黏土鋪在地下，一會兒從這邊抓起一把丟在那邊，一會兒又從那邊抓起一把塞在這邊，這世界就是這等模樣。」

眾神大驚。「土地既可以縮小，也可以放大，還可以移動？」

「沒錯。『阿修羅大法』能把某個地方愈縮愈小，再從另外一個地方長出來，也就是能把某個地區整片的移植到別處去！」天帝心有餘悸。「幾百萬年以前，西方的天帝『因陀羅』就想把我們的崑崙山縮掉，讓天竺生出更多土地，還好我鍊成了法寶『息壤』，他一直縮，我就一直長，終於粉碎了他的企圖。」

祝融恍然大悟：「原來息壤的眞正作用是對付『阿修羅大法』。當年鯀不懂這個道理，想把息壤偷去治水，結果愈堵愈糟，所以您就派我殺了他。」

天帝沉吟：「此法重現，其最終的目的應不只是想吞掉中原，而是要併掉咱們崑崙山！」

武羅嚷嚷：「這怎麼行？一定得阻止他！」

天帝走回自己的辦公室，取出了一個錦囊，交給祝融：「你的後裔正在奮戰，所以這回還是派你出馬。」又鄭重叮囑：「記住，息壤不能用得太多，因爲世界的總質量應該維持不變，息壤用多了，會增加世界的重力，後果不堪設想。」

繼而再轉向武羅、長乘：「你們算是建立了大功勳，可以得回法力，跟隨祝融一起去吧。」

長乘的狗尾巴得意的翹起一丈高。

西王母皺眉抗議：「干他們什麼事兒？都是少鶩探來的消息。」

天帝怒瞪她一眼，轉身就走，還拋下一句：「人間來的兩名貴客，須得毫髮無傷。」

西王母只得萬般不捨的放了櫻桃妖，

櫻桃妖衝過來抱著莫奈何大哭。「小莫，好可怕哦，我再也不來崑崙山了！」

莫奈何拍著她的背安慰：「該哭、該哭，妳差點就被吃了。」

櫻桃妖心道：「我哭是因爲沒能當成你的老婆。」

祝融沉吟了一下，分派著說：「小莫，你們先走，我們隨後就到。」

莫奈何與櫻桃妖出了總部大樓，正要登上飛車，金神蓐收趕了過來：「天帝吩咐我給你鑄一個大印。」從懷中掏出一枚三寸見方的金質印信。「這是我剛剛鍊成的法寶『蓋天印』。記住，此印只能蓋妖，不能蓋人。」並教給他驅動法寶的咒語。

莫奈何大喜：「這第六顆印可寶貴，以後我就不怕妖怪了。」

櫻桃妖一楞，這會兒可是欲哭無淚了。

蓋天印初顯神威

四江口的西壁上，大理國皇帝段素廉御駕親征，率領著段思酒、段思肉和相柳，五萬大軍已集結完畢。

大理段氏所統治的區域，古稱滇、南中，原由爨氏為王，大約在初唐時期，烏蠻與白蠻組成的「六詔」崛起，其中尤以「南詔」的皮羅閣最為雄才大略，他統一了六詔，史稱「南詔國」，唐玄宗封他為「雲南王」，雲南之名由此始。

一百零七年前，權臣鄭買嗣滅了南詔，雲南陷入混亂期，直到七十二年前，才由白族的段思平統一雲南，建立了大理國，歷經六代，今年老皇帝段素英駕崩，由太子段素廉繼位，新君初立，頗想有一番作為，征討大瞿越就成了他的第一把火。

此刻，他率領幕僚勘察地勢。

自從金陵須家莊一戰後，便選擇歸順大理的相柳，緊緊隨侍在側。

段素廉眼見四江匯流，飛鳥難渡，即使是個軍事大外行，心中也充滿了疑問，轉頭質問相柳：「愛卿建議我率軍至此，不知是何用意？他們打不過來，我們也打不過去……」

相柳道：「皇上勿憂，微臣到時自有妙計。」

段素廉還想再問，前軍突然喧噪開來：「那是什麼？那車子怎麼會飛在天上？」

莫奈何的飛車盤旋在眾人頭頂，有意炫耀。

相柳臉色一冷，大聲下令：「把那個東西射下來。」

段素廉連忙制止。「聽說大宋有個五印國師駕著飛車到處跑，會不會就是他？」

喚來幾名大嗓門的軍士，仰天大吼：「有請五印國師下凡一見。」

櫻桃妖聽得很得意：「我們這可成仙了。」將身一轉，變成妖嬈少婦的造型。

莫奈何皺眉：「妳又想做什麼怪？」

櫻桃妖但笑不答，心道：「我現在弄不到你，總該找些別的小伙子來滋補一下。」

飛車降落在中軍之前，將士們敬畏的將他倆送入大帳，段素廉親自款待。

「五印國師親臨，有何見教？」

莫奈何大剌剌的說：「大理與大宋一向井水不犯河水，敢問國主如今爲何出兵犯境？」

段素廉乾咳幾聲：「敝國與南方的黎朝一向和睦相處，然而就在上個月，那李公蘊著實無禮，竟然篡了黎朝，自號『李朝』，並興兵挑釁，此等亂臣賊子人人得而誅之，大宋向爲禮義之邦，諒必不至於助紂爲虐。」

莫奈何對於此事一無所知，哪裡答得出半個字兒。

櫻桃妖不慌不忙的說：「據賤妾所知，黎朝的末代皇帝黎龍鋌，也就是痔瘡嚴重只能躺在龍床上視朝聽政的『臥朝皇帝』殘忍暴虐，早已眾叛親離，今年十月他病死之後，他的兩個兄弟黎明提、黎明昶起兵爭奪帝位，導致國內大亂，『左親衛殿前指揮使』李公蘊不忍百姓受苦，以禁衛軍平定了亂事，而後受群臣擁戴，登基爲帝，可謂順天應民，何『無禮』之有？況且，此次先起兵至四江口挑釁的是大理，而非大瞿越，何者是紂，何者爲虐，不用賤妾明說了吧？」

段素廉被這一番理直氣壯的話語弄得臉上一陣青一陣白，啞口無言，心內嘀咕：「這婦人應當只是五印國師的隨從，卻如此犀利難當，不但對於天下大事如數家珍，還能講出滔滔不絕的大道理，大宋果然能人輩出，連女子都不能小覷。」

驀見帳外連袂走入兩個和尚，厲聲道：「何方妖婦，竟敢在此張狂？」

正是段思酒、段思肉兩位大理國的「上師」。

櫻桃妖最不喜歡跟和尚打交道，閃到莫奈何背後。

酒、肉二人屬於阿闍黎教派，沒有色戒，一眼看見櫻桃少婦妖嬈豐滿的體態，先自軟了半邊身子，又見她一臉羞人答答的模樣，更加色心大起，咧開嘴巴笑道：「小浪蹄子別怕，過來，讓我們好好的招呼妳。」

櫻桃妖心想：「這兩個老不修，且叫他們出出洋相。」偷偷一拉裙帶，讓裙子掉了下來，露出一雙修長美腿，並假裝驚呼一聲，慌亂的用雙手遮掩。

酒、肉二人的口水流了滿嘴，爭相搶來。「小浪蹄子，跟我走，我帶妳去極樂世界！」

櫻桃妖右手摟住段思酒，左手抱著段思肉：「唉喲，你們兩個一起來最好。」

兩人神魂顛倒。「小娘子的胃口眞大！」

他倆的脖子上都掛著由鐵鍊串著的五顆骷髏頭，櫻桃妖的雙手猛地一緊，各抓住一顆骷髏頭往下一扯，兩人便都不由自主的跪下了。

「嘻嘻，幹嘛急著求我呢？我可是一視同仁，雨露兼收的哩。」

酒、肉二人這才知道「浪蹄子」踢起人來有多痛，拚命掙脫之後，都取出小刀，在自己的臂上一劃，頓即血流如注。

櫻桃妖笑道：「得不到我就想自殺了啊？何必這麼想不開？」

酒、肉二人又取出海碗，將自己的鮮血裝入碗裡，運起「血海神功」。

段思廉心知這是他倆的絕活，這大宋婦人必定難逃毒手，便好整以暇的等著看好戲。

櫻桃妖哼道：「你們捧著個碗哼哼唧唧的，莫非是想向我討飯吃？」

酒、肉二人運功已畢，喝道：「妖婦納命來！」一起把碗中之血潑向櫻桃妖。

櫻桃妖不閃不避，被鮮血濺了滿身。

酒、肉二人指著櫻桃妖，連聲大叫：「倒！倒！倒！」

哪知櫻桃妖既無血液，又無內臟，根本不會中毒，他倆叫了半天「倒」，櫻桃妖還在那兒摸大腿、擺姿勢，半點影響也沒有。

兩人正摸不著頭腦，櫻桃妖乘隙欺身直進，把二人的血碗都搶了，丟在地下踩得粉碎。

段素廉大吃一驚，心忖：「這女隨從的文韜武略都是上乘之選，五印國師當然就更厲害了。」面上露出敬畏的神情，欠身道：「敝國向來不敢冒犯大宋天威，此次只因些許小事驚動天朝，心實不安……」

莫奈何道：「大宋一向採取睦鄰政策，這回是因為三方都出兵擾境，大宋不能不管。現在儂氏已退，大瞿越自有大宋料理。」壓低嗓門找補著說：「我再悄悄告訴國君一個機密——宋越兩軍會用奇招交戰，大理決非對手，不用夾在裡面瞎攪和。」

段素廉出了一身冷汗，正欲低聲下氣的請和，又見相柳氣沖沖的闖了進來：「皇上，此人來路不明，休聽他胡言亂語！」

段素廉本已疑心他把大軍帶到這處無法用兵的絕地，早就十分不滿，喝斥道：「你莫多言，快快退下！」

相柳歸順大理只是想要藉此對抗共工，哪有半點臣服之心，現在既見段素廉翻臉，他當然翻得更快：「我先殺了你這個昏君！」朝段素廉撲了過去。

段思酒、段思肉的血碗已被砸破，最拿手的「血海神功」無法施展，只能掄起骷髏鐵鍊亂打。

相柳把腰一扭，現出九頭巨蛇的真身，九張血口哧哧作聲，吐出九條翻捲分叉的舌頭。段素廉簡直嚇翻了。櫻桃妖更逃入葫蘆：「小莫，這個我對付不了，交給你了。」

莫奈何輕鬆的踱了幾步，擋在段素廉身前。

相柳桀桀怪笑：「渾頭小道士，憑你也想攔我？大家都叫你什麼五印國師，在我看來根本是招搖撞騙的江湖郎中。」

莫奈何笑道：「你的消息太不靈通，我現在可是六印了。」

反手取出金神蓐收的蓋天印，唸動咒語，那金印便飛了起來，直朝相柳頭上蓋下。

相柳不知此爲何物，將手一伸，就想把它抓下來。

蓋天印凌空兩個騰跳，狠狠蓋在相柳正中間的那顆頭上，頓即腫起一個大包。

相柳的十八隻眼睛同時冒出金星：「這是什麼邪門的東西？」

眼見那金印在空中盤旋，又要擊下，慌忙轉身逃出大帳，惹得全軍騷動，嚇得大叫：

「好噁心的妖怪！打死牠！」

相柳九頭齊伸，吞掉了九名士兵，繼續往軍陣中衝去，兵士們抵擋不住，驚駭亂竄。

莫奈何追出大帳，又祭起蓋天印，一溜金光，再打在相柳最左邊的頭顱上。

相柳實在禁受不住，騰身躍下絕壁，遁入江中。

大理軍的將士們都感激的跪在地下大叫：「國師恩同再造！」

大帳內，段素廉這才知道相柳是個妖怪，把酒、肉二人叫到面前，一頓臭罵，因爲相柳是他二人引薦的，竟不說明他是個妖怪。

酒、肉二人囁嚅：「他曾立誓說，決無二心……」

「這種怪物立的誓有什麼用？」段素廉氣得想殺人，但他倆都是自己的曾叔祖，不好嚴厲懲罰，只得吩咐道：「快傳令下去，退兵！」

不多時，五萬大軍便亂糟糟的逃得精光。

段素廉登上御輦之前，取出一顆「大理國師」的大印，交給莫奈何：「若非國師，朕今日性命難保。」

莫奈何啫道：「我的印太多了，您就留著吧。」

段素廉慌亂得幾欲下跪：「國師若是不收，就是看不起大理的黎民百姓。」

莫奈何只得收下，七顆大印在行囊中互撞，叮叮咚咚直響，好不沉重。

櫻桃妖在葫蘆裡笑道：「我懂了，這是他們的陰謀，他們想用大印把你累死。」

即刻開戰！

東西兩壁都已退兵，只剩下北壁的大宋與南壁的大瞿越還在對峙。

莫奈何人不暖席、車不落帆，又飛到大瞿越的陣營之中。

大瞿越的大軍由共工率領各個谿洞首領所組成，皇帝李公蘊並未親征。

各洞首領在大帳內商議著，一人道：「上午才看見那古怪的飛車降落在大理軍前，下午大理就退兵了，不知是何緣故？」

另一人道：「聽說大宋有個五印國師，厲害得不得了，可能讓他們見識到了霹靂手段。」

話還沒講完，中軍親兵已來報：「大宋國師莫奈何求見。」

大家都嚇了一跳。「怎麼來得這麼快？是來對付咱們的嗎？」

慌忙迎入莫奈何。「國師到此何爲？」

莫奈何道：「大宋與大瞿越素無瓜葛，你們率軍到此何爲？」

首領們都道：「大理與儂氏同時出兵，敝國怎能坐以待斃？」

莫奈何一笑：「現在那兩軍都已退去，所以你們也可以退兵了。」

首領們面面相覷，水神共工已聞訊趕來，厲聲道：「豈知那兩軍不是大宋在後挑撥，才來進攻我大瞿越？」

「大宋只想維持邊境和平。」莫奈何警告著。「而且，還有一個自稱第五公子的陰謀家一直躲在幕後，不知他還會使出什麼陰謀？」

「有陰謀的是大宋！」共工更加叫囂：「否則你們把火神的後裔帶來這裡做什？」

「洪工，你在說什麼呀？」各洞首領都不知這名李朝皇帝寵信的大將「洪工」就是共工，更不知火神、水神之間的恩怨。

共工持續逼迫莫奈何：「你們先把崔吹風交出來，其他的事情都好商量。」

莫奈何笑道：「大家聽聽，他只爲了報他自己的私仇，卻徵調了各洞之兵，這像話嗎？」

共工大怒，正想施殺手，就在這時，音兒也衝入大帳：「爹，我求求您，放過崔郎吧！」

共工愈怒：「我生下妳這個女兒，就是要妳胳膊往外彎？」

音兒跪倒在父親腳下：「爹，我這輩子只愛崔郎一人，你若一定要殺他，不如先把我殺了！」

「妳以爲這樣就能阻止我？」共工怒極狂笑，滿頭赤髮根根倒豎：「我告訴妳，這一次，天下沒有人能阻止我，不是他死便是我亡！」

莫奈何見他神情可怖，生怕他眞的會動手打音兒，而自己的蓋天印只能打妖怪，打不了共工這種大神，只得匆忙截斷父女的爭執：「既然如此，你也別怪誰，咱們戰陣上見眞章。」

共工的注意力果然被移轉過來：「兩國相爭，不斬來使，你快回去告訴雍必大，即刻開戰！」

莫奈何看了音兒一眼，轉身離去。大瞿越的陣營即時進入開戰狀態。

和平之歌

崔吹風這些日子以來，掌握火琴的技巧已到了隨心所欲的地步，他不想告訴任何人，免得別人又來逼迫他去燒什麼東西。

此刻聽得營外人聲喧譁，便抱著琴走到營外。

莫奈何的飛車剛剛降落北壁，大瞿越的弓弩手已開始朝宋軍亂射，但他們製造弓箭的技術甚爲低劣，射出來的羽箭根本飛不過距離三百步以上的峽谷。

雍必大哈哈大笑：「讓他們瞧瞧咱大宋『神臂弓』的厲害。」

宋軍的強弓硬弩齊發，射得對岸叫苦連天。

崔吹風忽然看見音兒站到了南壁懸崖上，匆忙走到北壁的懸崖邊緣，大叫道：「音兒，妳還好嗎？」

江水奔騰，怒濤拍岸，聲若雷鳴，他的語聲立刻就被淹沒下去。

音兒但見他的嘴動，便也高聲叫著：「崔郎，我好想你！」

她的話聲當然也傳不過來。

洶湧的江水掩住了兩人的語聲，但掩不住兩人的心意。

崔吹風想了想，盤腿坐下，開始彈琴。

項宗羽、程宗咬等人都走出營門觀戰。「好耶，他要燒掉敵軍陣營了。」

然而，崔吹風並沒有彈奏能夠燒毀一切的「搖滾樂」，而是一闋極其幽渺情深的戀曲。輕柔的琴音盤旋直上，升至雲端之巔，再如天籟一般的緩緩洩下，居然讓大家能夠聽得一清二楚。

音兒抖擻精神，大聲唱起歌兒來。

琴音捲到她身邊，宛若一張飛毯，托住她的歌聲直上霄漢，越過江水的嘈亂、人群的叫囂，傳入每一個人的耳中。

雙方士兵聽著崔吹風悠揚的樂聲以及音兒美妙的歌聲，都鬆開了射箭的手。

年輕的士兵想起了娘，年長的士兵想起了妻兒；本職是獵人的士兵想起了家裡的狗，農人想起了田裡的牛，樵夫嗅著了山林的氣味，漁夫看見了水面的波光。

「唉，我們爲什麼要跑來這裡打仗？」

雙方將士都放下了手中武器，聆聽著世上最美妙的聲音。

共工大吼：「快射死那個彈琴的小子！」

各個谿洞的首領都不想聽他號令，只想與兵士們一起聽歌，並隨著節奏輕輕搖擺。

莫奈何慨嘆：「崔吹風說得沒錯，音樂怎麼會敗壞人心？世人如果都愛音樂，就不會有戰爭了。」

四方混戰

共工氣得運起十成十的「水漫天神功」，雙臂一舉，四條大江的江水翻湧如海嘯，掀起的大浪甚至噴到了絕崖之上。

雍必大慌忙命令宋軍陣營後撤。豈知大瞿越所在的南壁卻更慘，江水猛烈沖刷，恍若刀削甘蔗，使得整片石壁一層層、一片片的往下崩坍，原本站在崖邊的弓兵有不少墜入江中，做了水底亡魂。

各洞首領都大驚：「洪工是個妖怪也就罷了，怎麼又倒戈了？」

這時歌樂聲已止，音兒跑到崖邊往下一看，發現原來是相柳的巨蛇身軀在水裡作怪，他的主要目標是共工，所以想把南壁山崖統統攪塌。

音兒怒喝：「相柳，你簡直是活膩了！」騰身躍入水中，召喚各江魚群，齊撲相柳。

共工生怕女兒吃虧，暫且止住翻江之勢，也跳入江裡，攻了過去。

相柳上午才被莫奈何的蓋天印打了兩下，九顆頭裡的兩顆頭還在發疼，怎當得父女兩人合擊，只得且戰且走。

就在這時，西壁上又出現兩條人影，正是剛從喜瑪拉雅山上下來的溼婆和俞燄至。

「他們三方打得熱鬧，可不知現在仍是四方交戰。」俞燄至幸災樂禍。

溼婆陰笑道：「大水漫岸，正是移地縮域的最好時機。」默唸咒語，施展出「阿修羅大法」。

崔吹風站在崖邊，驀見東南西北四處絕壁都移動起來，緩緩的往中央靠攏，峽谷愈變愈窄，江水則愈漲愈高。

莫奈何、項宗羽等人都跑到他身旁，見狀駭異萬分。

「溼婆果然來了！」莫奈何面色凝重。「祝融怎麼還不現身呢？」

項宗羽急問：「接下來會怎麼樣？」

「這整片地區會縮得不見，再從另一邊長出來的時候，已不知是天涯何處。」

程宗咬瞠目：「那我們人呢？」

「當然早就被擠扁在地底下了！」

眾人就像坐在一艘大船上，一逕朝南壁駛近，莫奈何等人甚至可以看得見對岸大瞿越士兵臉上驚恐的神情，其實南壁也一直往這邊靠近，東西兩壁也同時向這兩艘大船壓迫過來，四面絕壁就將撞在一起！

祝融出龍

猛然之間，兩條巨龍穿透雲層，直竄而下。

祝融騎在右邊的龍頭上，武羅、長乘則跨坐於左邊的龍身。

莫奈何喜得大叫：「崔吹風，你的祖宗來了！」

崔吹風仰面觀看祝融，人面的形狀倒與自己有幾分神似，但長著一個奇怪的身軀，竟不知是何種動物？心中直犯嘀咕：「如果我將來的身體也變成這樣，怎麼彈琴呢？」

祝融掏出天帝賜與的錦囊，從裡面掏出了一小團黑呼呼的黏土。

莫奈何覷得眞切，暗道：「那就是息壤？可眞不起眼。」

西壁的溼婆臉色大變：「崑崙山又來攪局！」

祝融一甩手，把那黏土拋入江中，小小的一塊土竟不會浮於水面，一直沉落江底，然後開始不停的生出觸角，擴張分裂、繁殖衍生，將四面朝中央聚攏的石壁撐住了。

溼婆狂唸咒語，「阿修羅大法」使得江底泥土不停的縮減，但息壤不停的滋長，不管對方縮多少，它就長多少。

溼婆的體力畢竟有限，息壤的繁殖能力則無限，在溼婆喘息的間歇，息壤就乘機向外拓展，如此一來一往，逐漸將四面石壁推回原位。

莫奈何等人但覺自己身處的絕壁緩緩後退，都歡呼出聲。

正在江裡與相柳搏鬥的共工看見祝融來了，新仇舊恨齊湧心頭，又見相柳已被自己與魚群打得遍體鱗傷，諒必無法翻身，便朝音兒大叫：「女兒，這裡交給妳了。」

撇了相柳，湧身躍出江面，衝向騎在龍頭上的祝融。

祝融重嘆一聲：「何必呢？我們到底有何過節、有何怨仇？」

共工大吼：「火居然可以贏水，就是奇恥大辱！」雙臂猛展，帶起整片江水澆向祝融。

崔生煮江

騎在另一條龍上的武羅、長乘看見溼婆站在西壁上猛唸咒語。

「那傢伙學不會教訓，又來找死！」

兩人躍下龍背，跳到溼婆面前，二話不說，舉拳就打。

溼婆的隨身武器很多，本有一柄稱作「阿賈伽瓦」的三叉戟，與一根「卡特萬伽」棍棒，但六月裡與崑崙眾神在泰山山巔一戰，三叉戟被刑天砍得只剩下一叉，卡特萬伽棍棒也被刑天劈成了三截，所以現在只剩下了一柄劍與一張「比那卡」弓。

溼婆猶自識得武羅這渾身豹紋的小伙子，知他最會搞怪，起手一劍就揮了過來。

武羅取下耳朵上的兩隻金耳環，迎風一晃，變成了兩隻直徑五尺的金輪，左輪架住來劍，右輪就往溼婆頭上敲。

長乘屁股一搖，狗尾巴掃向溼婆雙腿。他這尾巴可厲害了，摧鋼碎鐵，無所不能。

溼婆被他倆一陣混打，苦不堪言，「阿修羅大法」自然也就無法繼續施展。

江底的息壤因此長得更快，填補了剛才被縮掉的地域，但它同時也阻住了河道，使得江水愈漲愈高，幾乎都快淹上四面山壁。

水若漫頂，不但此處的大宋全軍無路可退，而且會往整個東南地區漫延過去，千千萬萬的黎民百姓勢必受災滅頂。

程宗咬哀嘆：「怎麼死都好，就是最怕被淹死！」

崔吹風見勢危殆，忙又坐下彈琴，這回他變換曲調，《樂經》所載的樂曲應指而出，大火也跟隨著琴聲旋繞燃燒。

此時他已能控制裕如，想燒哪裡就燒哪裡，其他的地方都沒受到影響，只有淹上崖頂的水被火困住，正如用鍋煮水，都煮成了水蒸氣。

水中夾火

武羅、長乘久戰溼婆不下，祝融撇下共工的糾纏，驅龍攻來。共工仍在後緊追不捨。

武羅怒道：「你別打濫仗行不行？」

其實最愛打濫仗的就是他，左手金輪朝共工頭上敲過去，弄得五個神打成一團。

江中的相柳剛才已被共工殺傷多處，正想逃離，音兒從後面一把抓住他的背脊：「美食當前，大家快來吃個過癮。」

有牙齒的鱘魚、鱸魚、鱔魚、鯧魚一湧而上，相柳的九顆頭在一眨眼之間就只剩下了顱骨。

音兒爬上南壁下的淺灘，坐倒喘息。

溼婆被祝融等人打得節節敗退，西壁絕崖上的俞𦙜至大叫：「那個丫頭是關鍵人物，快抓住她！」

溼婆聞言，倏地一轉身，已來到音兒面前，舉掌扣住她頂門。祝融等人投鼠忌器，都不敢冒然出手。

共工大笑：「你當我女兒是玩偶嗎？」雙手往前一指，江水澎湃而起，凝成了一支強力的水箭。

共工的算盤是：水箭激射，連鋼板都能射穿，音兒是水做的，當然無所謂，挾持她的人可就慘了。

但沒料到溼婆竟也不怕！

溼婆的頭上長著一彎新月，頭髮盤成犄角形狀，水箭射來，他把頭一低，大水就只能順著他的頭髮流走，傷不了他分毫。

溼婆狂笑：「你就只有這麼點本領？倒讓老爺洗了個痛快的澡。」

共工楞住。

俞𦙜至又叫：「把她抓去喜瑪拉雅山，水最怕冰凍！」

北壁上的崔吹風心中雖急，手下可沒亂套，他雙指一捏商弦，彈出一個小小的火尖，蹦進水裡，居然不會熄滅，且還順著水箭，落到了涇婆頭上。

涇婆的頭髮把水引向兩邊，這顆火尖卻沒順水流走，筆直落於他的頭頂。涇婆再怎麼也想不到，水中怎麼還會有火？被那火尖在頂門上燒出了一個洞，不但火鑽進去了，水也跟著進去了，

水與火都在涇婆的頭顱裡亂竄，他痛得抱頭嘶吼，瘋子似的消失在崇山峻嶺之中。崔吹風又指彈武弦，一股火箭射向俞啖至。

俞啖至顧不了第五公子的身分，就地一個懶驢打滾，夾尾而逃。

宿怨不消

武羅眼見淹上崖頂的水都已被煮開，喝道：「共工，你還不認輸嗎？連祝融的子孫都可以打贏你！」

共工像個洩了氣的皮球，呆站在江水中央。

祝融道：「水神，咱們和平相處，不行嗎？」

「和平個屁！」共工羞憤難當，仰天大吼：「沒關係，我再自我流放十萬年，等我再出來的時候，哼哼，必給你好看！」

言畢，飛鳥般遁入深山，絕情而去。

音兒聲淚俱下：「爹！你不要走！」

但共工已不見蹤影。

息壤填滿了被縮去的地域，四江口完全恢復原狀。

祝融收回多餘的息壤，四江江水失卻阻隔，順著河谷退去，淹上崖頂的水也不用崔吹風費神去煮了。

南北兩壁上的士兵歡聲雷動。

祝融深深望了崔吹風一眼。「好子孫，有你在人間，我就放心了。」

沒等崔吹風下拜行禮，騎著兩條巨龍飛上雲端，沒入天際。

多事一年的除夕夜

莫奈何飛車載著崔吹風、音兒等人來至大瞿越的首都「華閭」，正是除夕夜。

邊境既無事，歡樂正當時。

李公蘊大開筵席，招待貴賓，硬把莫奈何按在自己身邊灌酒。

莫奈何想起這多事的一年，感慨萬分：「今年年初的時候，我還在括蒼山上打雜，不料亂七八糟的怪事一直落到我頭上來，最後還把我弄成了什麼七印國師，這也算是造化弄人嗎？」

「不對，是八印。」李公蘊醉醺醺的取出「大越國師」的大印遞過來。「人家是王八蛋，你可是莫八印。」

音兒來敬酒，並誠實告知父親共工的來歷與目的。

李公蘊愛憐的抓著她的手：「乾女兒，不管怎麼說，妳爹都是我的好朋友，我也答應他一定會照顧妳，並且幫妳找一個好丈夫。」邊說邊望向崔吹風，笑道：「看來，這事兒不用我操心了。」

莫奈何抽空把崔吹風拉到一旁：「你已經是駙馬爺，不用再回去了，但是，《樂經》怎麼辦？你想把它傳回中原嗎？」

崔吹風想起自己不過奏了首「老鷹之歌」就差點被砍頭，苦笑著說：「中原恐怕還無人能夠接受這種音樂，還是留待他日吧。」又道：「過些日子，我一定會回去，酬謝一些老朋友，並接我娘來享福。」

「你娘有我照顧，放心吧。」

所有賓客之中，只有帝江一人悶悶不樂。這些天他一直纏在音兒身邊，希望佳人能多看他一眼，不料到頭來還是一場空。

武羅勸道：「咱們這種命，只能回崑崙山過那種悶日子，把這杯酒乾了，跟我們回去。」

這時傳來眾賓客的叫嚷：「新郎、新娘進洞房！」

帝江認命的大哭出聲。

水火同床

史上大概沒有這麼嘈雜的洞房。

崔吹風抱住音兒，想脫她的衣服。

音兒邊躲邊說：「欸，你急什麼呢？你沒看話本裡寫的都是新郎、新娘要先坐在花前月下，氣氛好、情調佳，然後兩人吟詩作對，互相品鑑，『相公，這首詩寫得好啊！』『娘子，這闋詞填得妙啊！』戲臺上也是這樣，新郎要先說：『娘子啊，小生這廂得罪了。』然後輕輕掀起新娘的蓋頭，新娘還要輕輕的打一下他的手，說：『死相，莫亂來。』」

崔吹風猛搔頭，繼而面露賊笑：「我終於想到一個不讓妳嘮叨的好方法。」

「什麼方法？方者方也，法者……」

崔吹風用嘴巴堵住了音兒的嘴。

音兒還想發表意見，只是再也說不出來了。

——全文完——

補遺

宋朝街坊市井上的空拍機

郭箏

創作者難為。

大部分的創作者都像一株蔓藤植物，慢慢的沿著石壁往上爬，好不容易碰到了一個著力點，就緊緊攀住不放，生出根來纏住它，也不管這著力點是好是壞。把這個纏完了之後，再繼續往上尋找另外一個完全不相干的著力點，所有的努力重新再來一遍。

創作者當然永遠都要保持實驗性與獨特性，不能成為工廠的生產線。但蔓藤式的生產方式，確實能把年輕飛揚的生命熬耗成一堆灰渣，爬得再高也不會變成一棵大樹。

於是聰明的創作者發展出縱向與橫向的思考，縱向的就成為大河系列式——《哈利波特》、大仲馬的《三劍客》等等；橫向的就成為單元連續式——「福爾摩斯」、「衛斯理」、「楚留香」等等。

這兩者相同的地方在於，主要、次要人物都是一樣的，最不相同的地方在於，大河式的人物關係會轉變，哈利最終沒有和妙麗配成對；單元連續式的人物關係則不能改變，福爾摩斯和華生總不能突然變成了仇人或同志，就算某一個單元發生了這種情形，也要在這個單元的結尾讓人物關係回復原狀，否則讀者若漏掉了一個單元沒看，後面就莫名其妙了。

除了這兩種常見的系列之外，另有一個奇才創造出第三種系列，而他竟被臺灣的出版界長期忽略了——巴爾札克。

此人是十九世紀法國的小說大師，他創造出一種「人物再現」的技法，就像一部空拍機在當時的巴黎上空盤旋掃描，某一部的主角是A，早上出了門，跟雜貨店老闆B聊了一會兒天，再往下走，跟擦鞋匠C起了衝突，打了一架……直到本篇故事結束；空拍機繞了一圈回來，對準雜貨店，另一部的主角則變成了B，他站在店前跟擦鞋匠C閒聊了幾句，然後走向市中心，他的故事又如何如何；空拍機再次迴旋，照著擦鞋匠C，他又如何如何。

我的理解不曉得對不對，因為當我大量耽讀翻譯小說的民國六十年代，在臺灣只找得到兩本巴爾札克的小說——《高老頭》與《邦斯舅舅》，而他的《人間喜劇》系列則有九十一部之多！

這種空拍機式的技法一直迷惑著我，彷彿有著一種造物主的權威與快感。

幾年前，偶然得到了一個可以發展這種系列技法的機會，植基於一部奇怪的古書《山海經》。

這本書乍看之下有點無聊，多半都是哪裡有座山，哪裡有條河，山上、河裡出產些什麼東西。然而細看之下，才會發現其中蘊藏著不少寶藏，許多寫得很簡單的故事都極具戲劇張力。幾千年來竟無人好好的延伸一下，空置這座寶山於虛無荒漠。

但如果只寫神仙與妖魔戰鬥的故事，肯定乏味，又像極了電腦遊戲，所以當然得加入人的質素，讓它變成人、神、妖共同組成的故事。

我所面臨最大的問題是，如何把這些碎片連綴起來？大河式與單元連續式都不管用，巴爾札克的《人間喜劇》於焉從記憶底層浮現。

用十九世紀法國小說大師的技法來演義中國最古老的神話，僅只這念頭就讓我興奮不已。

我當起了空拍機，把時空座標設定在西元一〇〇九年的宋朝，《山海經》裡的崑崙山眾神重出世界，與凡人交織演出一幕幕的悲喜劇。

之所以把背景放在宋朝，是因爲我覺得宋朝是最具現代感也最引起我興趣的朝代。

唐朝的城市仍處於中古時期，首都長安雖然雄偉，但市民階級尚未形成，居民都是皇族、政府官員、禁衛軍與他們的家眷。一座大城包著一百零八個小城（就是所謂的坊），走在一百五十公尺寬的「朱雀門大街」上，只能看見一堵堵的坊牆，根本瞧不見坊內的市況與住家，如果拍起電影，還眞不知要怎麼拍；入了夜，便禁止任何活動，商店關門、居民禁足，換句話說，夜戲只能在家裡上演，外頭啥也沒有。

宋朝的城市則一派現代作風，自有〈清明上河圖〉爲證，商店開在了大街邊，夜市林立，商業繁榮，科技高度發展，市民階級開始崛起，訟師滿街跑，市民得閒便去「勾欄」看戲聽歌，或「捶丸」爲樂，也就是打高爾夫球，或「蹴鞠」競賽，也就是踢足球，連女子都可以組隊參加，表演各種花招。他們還喜歡談論「十二星宮」，閒極無聊的蘇東坡替兩百多年前的韓愈算命，算出他與自己同是魔羯宮，所以同樣顚簸終生。

宋朝皇帝的寬容親和更是超邁古今中外。隨便舉個例子，《宋史・儀衛志》記載，皇帝出巡，百姓不須跪拜迎接或迴避，閒雜人等甚至會跟著皇帝的鑾駕亂走，大呼小叫、大驚小怪，來到繁華的市街上，也不禁止士庶站在樓上憑欄俯瞰，難道不怕他們扔磚頭或破鞋子下來？

宋仁宗時，有一個大臣宋庠覺得實在太沒規矩了，便參酌漢唐古禮，制定了一大套嚴格的規範，豈料宋仁宗一看，認爲過於嚴苛擾民，完全不予採用。如今號稱民主社會的各國領導者的車隊，能不汗顏？

至於一〇〇九年，中原並無大事，但周邊的國家卻都發生了重大的變化——北方的「大遼」，掌政二十多年且頗爲傑出的蕭太后薨逝；東北的「高麗」發生政變，國君王誦險被奸臣金致陽篡位，他急召大將康肇平亂，之後仍被康肇所弒；南方的「大瞿越」（現在的越南北部）也發生政變，泉州人李公蘊推翻了「黎朝」，建立「李朝」；西南的「大理」則是先皇駕崩，新皇繼位。

以往的歷史、神怪或武俠小說，背景泰半以中原為主，我有意拓寬視野，把我的空拍機架在由小道士莫奈何駕駛的「奇肱國」飛車上，飛在天上看世界，因為《山海經》裡提到許多民族的起源，若能描繪出遼闊的空間感才符合《山海經》的風格。

只希望古老的經典能夠煥發出新的光彩，被人遺忘的神明能夠找到回家的路。

國家圖書館出版品預行編目(CIP)資料

大話山海經：火之音 / 郭箏著. -- 初版. -- 臺
北市：遠流, 2019.03
面； 公分. --（綠蠹魚；YLM27）
ISBN 978-957-32-8459-8(平裝)

857.7 108000549

綠蠹魚叢書 YLM 27

大話山海經：火之音

作　者／郭　箏

總 編 輯／黃靜宜
執行主編／蔡昀臻
封面繪圖、設計／阿尼默
美術編輯／丘銳致
行銷企劃／叢昌瑜

發 行 人／王榮文
出版發行／遠流出版事業股份有限公司
地　　址：104005 台北市中山北路一段 11 號 13 樓
電　　話：（02）2571-0297
傳　　真：（02）2571-0197
郵政劃撥：0189456-1
著作權顧問／蕭雄淋律師
2019 年 3 月 1 日 初版一刷
2021 年 8 月 15 日 初版二刷
定價 260 元

ISBN 978-957-32-8459-8
YLib遠流博識網 http://www.ylib.com E-mail: ylib@ylib.com